NICK LIVING
TEUFELSASCHE
RICKY STRONG STORYS

Impressum

**Herstellung und Verlag:
BoD - Books on Demand, Norderstedt
ISBN 978-3-7347-3833-3
Für den Inhalt des Buches zeichnet der Autor verantwortlich
© 2014**

Alte Hexe

Seit vielen Jahren lebte der Fürst, Sir Heidolf, schon auf seinem wunderschönen Schloss in den Bergen. Er war schon alt, doch ging er mit der Zeit und hatte sich erst kürzlich eine sündhaft teure Luxuslimousine zugelegt. Die jedoch fraß beinahe sein ganzes Vermögen auf.
Über die Jahre hatte er viele Schätze in seinem alten Schloss angehäuft, die er allerdings nach und nach wieder versetzen musste. Doch der allergrößte Schatz war ohne Zweifel seine Tochter Melanie. Sie zählte achtzehn Jahre und sollte nun verheiratet werden. Und obwohl sich die Zeiten stark verändert hatten, suchte der Fürst seit langem einen passenden Prinzen aus einem fernen Lande, der seiner Tochter ebenbürtig sein sollte. Aber es war schwer, jemanden bei seinen zahlreichen Auslandsaufenthalten zu finden. Die Etikette verbat, dass er sich für seine Tochter auf Brautschau begab. Außerdem wollte er es so geheim wie nur möglich angehen lassen. Eines Tages aber meldete sich ein sehr gut aussehender junger Mann im Schloss. Er gab vor, aus dem fernen Russland zu kommen und ein Prinz zu sein. Als Sir Heidolf von ihm wissen wollte, welchem

Königshaus er angehörte, zögerte der junge Mann zunächst mit seiner Antwort. Doch dann klärte er den Fürsten auf, dass er Lord Nikki von Arnulfstein sei und über ein sagenhaftes Vermögen, in Höhe von sage und schreibe 1,3 Milliarden Dollar verfügte. Dem Fürsten verschlug es beinahe die Sprache, und er fand die Art und Weise, wie auch die Zurückhaltung des vermeintlichen Prinzen sehr anständig. Er wollte ihn deswegen unbedingt als seinen Nachfolger deklarieren. Außerdem wollte er seine Amtsgeschäfte und das Schloss endlich einem Erben übergeben, der auch das Anwesen wieder gehörig auf Vordermann bringen würde. Melanie jedoch, die den Prinzen bereits heimlich beobachtete, wollte ihn nicht. Sie wollte gar nicht erst mit ihrem Vater darüber sprechen, doch der Fürst ließ nicht mit sich reden. Und nachdem er sich den ganzen Tag zurückgezogen hatte, um nachzudenken, unterbreitete er am Nachmittag seiner Tochter schließlich den lang durchdachten Entschluss. Er wollte, dass Melanie diesen jungen Prinzen heiratete. Bis zur Hochzeit sollte er nun als Gast im Schloss weilen. Ihm wurde ein gemütliches Zimmer im Westflügel des Schlosses hergerichtet, in welches er mitsamt seiner Habe, die er sich später nachschicken ließ, einzog.

Doch schon eine Woche später war die sprichwörtliche Hölle los. Aufgeregt lief das Personal durch die Gänge des Schlosses, und alle hatten nur ein einziges Thema: der Anwärter auf die Hand der Fürstentochter war tot! Man fand ihn leblos in seinem Bett liegend, und in seiner Brust steckte ein Dolch. Das fatale an der Angelegenheit aber war, dass dieser Dolch ausgerechnet dem Fürsten selbst gehörte. Er war eine Trophäe, die sich seit dreihundert Jahren von Generation zu Generation weiter vererbte. Der Fürst war vollkommen außer sich und plapperte den ganzen Morgen lang nur wirres Zeug. Als ihn schließlich Kommissar Spencer von der Kripo verhörte, redete sich der Fürst um Kopf und Kragen. Nervös und ängstlich gab er zu, dass es sich um seinen eigenen Dolch handelte und das er am Abend noch im Zimmer des jungen Prinzen war, um mit ihm zu sprechen. Bei diesem Gespräch überschrieb der Prinz dem Fürsten sogleich eine größere Geldsumme, damit die Hochzeit und alle sonstigen Auslagen beglichen werden konnten. Zudem sollte die Fürstentochter Melanie sofort einen Betrag, von mehreren Millionen Dollar erhalten, damit sie vorm Altar auch wirklich „Ja" sagte. Da überdies das Schloss des Fürsten dringend renovierungsbedürftig war und auch schon Personal entlassen werden musste, weil das Geld ausging, hatte er nun auch ein Motiv. Spencer vermutete, dass die vermeintlichen Mühen des Fürsten, der Tochter Melanie einen Mann zu versorgen, nur einen einzigen Sinn hatten, nämlich den, einen reichen Mann zu finden, um sich dann an seinem Geld zu bedienen. Dennoch passte das alles nicht so recht zusammen. Denn es wäre ja viel zu offensichtlich, wenn sich der Fürst am Geld eines Ermordeten labte. Außerdem war die Fürstentochter noch nicht einmal mit dem Prinzen verheiratet. Es wäre doch viel besser, wenn der Geldgeber am Leben bliebe und irgendwann eines natürlichen Todes starb, während das Schloss auf Vordermann gebracht wurde. Nein, der Tod des jungen Prinzen musste einen völlig anderen Hintergrund haben. Hatte vielleicht Melanie selbst? Doch warum hätte sie das tun sollen? Sie wäre ja reich verheiratet worden und würde im Falle einer Trennung auf keinen Fall verarmen. Auch diese Vermutung schob Spencer schnellstens beiseite. In diesem Schloss musste es irgendein Geheimnis geben. Als der Dolch auf Fingerspuren untersucht wurde, fanden sich keine darauf. Hatte sie der Täter bereits abgewischt? Dem Kommissar fiel jedoch eine schwarz gekleidete Zimmerfrau auf. Sie war die einzige, die trotz des wirren Durcheinanders im Schloss schweigend durch die Gänge schlich. Sie war schon alt und ihr Gesicht zeigte tiefe Falten. Spencer beobachtete sie genau. Doch sie schien das zu bemerken und fragte ihn: „Ich sehe, dass Sie mich immerzu beobachten. Haben Sie vielleicht schon einen bestimmten Verdacht?" Spencer war professionell genug um zu wissen, dass er dieser Frau die Wahrheit sagen musste. Wenn er flunkerte oder ihr etwas vormachen wollte, würde sie es sofort bemerken. Er gab zu, dass er darüber nachdachte, wie sie zu dieser Sache stünde. Die Kammerfrau senkte den Kopf und sprach leise ein Gebet. Dann schaute sie den Kommissar nachdenklich an und munkelte: „Ich muss Sie enttäuschen. Ich habe den jungen Herrn nicht erstochen. Doch ich weiß von einem Geheimnis, welches wie ein Fluch über diesem Schlosse liegt. Vor dreihundert Jahren wurde auf dem Schloss schon einmal jemand ermordet. Es war eine Kräuterhexe, deren Name mir leider unbekannt ist. Sie lebte lange hier. Doch bevor sie auf dem Scheiterhaufen verbrannte, sprach sie einen bösen Fluch. Ihre Überreste wurden auf dem alten Friedhof, der sich einst hier befand, beerdigt. Doch wenig später wurde der Friedhof eingeebnet. Nichts sollte mehr an die alte Kräuterhexe erinnern."

Spencer wusste nicht so genau, ob er der alten Kammerfrau glauben sollte oder nicht. Immerhin hatte er sich schon einige skurrile Aussagen zu diesem Fall anhören müssen. Doch von einem alten Friedhof hatte bisher noch niemand gesprochen. Er ließ sich die alten Baupläne des Schlosses zeigen und stellte fest, dass es im Jahre 1703 tatsächlich eine solche Baumaßnahme gab. Außerdem war deutlich sichtbar, dass sich zuvor an dieser Stelle ein Friedhof befand. Er wollte mehr über diese seltsame Kräuterhexe erfahren. Doch die Informationen waren spärlich. Niemand wusste so genau, ob sie überhaupt gelebt hatte, geschweige ihre Gebeine einst auf dem Friedhof begraben lagen. So musste sich Spencer allein auf die Suche begeben. Er untersuchte die alten Schlossmauern und durchsuchte die alten Katakomben, die sich unter dem Schloss befanden. Lange fand er nichts, doch eines Abends entdeckte er ein altes schmiedeeisernes Kreuz, welches verrostet und teilweise von Schutt bedeckt in einer Ecke lag. Mühsam zog er es unter dem Geröll hervor und befreite es von dem darauf befindlichen Schmutz. Er fand eine Inschrift, einen Namen, der in das Metall eingearbeitet war. Doch die Schrift war einfach nicht mehr richtig zu erkennen. Mit viel Fantasie glaubte er den Namen „Lina Essex" zu entziffern. Doch ob es sich bei dieser Dame um die sagenhafte Kräuterhexe handelte, wusste er nicht. Noch einmal befragte er die Zimmerfrau. Doch die gab nochmals vor, den Namen der Hexe nicht zu wissen. Und so nahm sich Spencer vor, selbst eine Nacht in den Katakomben zu verbringen. Zwar glaubte er eher nicht an überirdische Mächte, an Hexen und böse Zauber. Doch ein seltsames Gefühl veranlasste ihn, diese letzte Möglichkeit in Betracht zu ziehen. Dazu holte er sich die Geisterseherin Liane Hartford ins Schloss. Ihr eilte der Ruf voraus, sie spürte sogar die schwächsten Erdstrahlen auf und könnte gute und bösartige Geister sehen. Miss Hartford war eine junge, sehr gut aussehende Frau, die eigentlich mitten im Leben zu stehen schien. So wunderte sich der Kommissar, dass sich diese Dame mit Zauberei und Geistern befasste. Doch Miss Hartford beruhigte ihn. Sie meinte, dass sie lediglich die Energie spürte, die von diversen Objekten ausging, mehr nicht. Sie sagte, dass zu ihrer Tätigkeit keine große Zauberei und schon gar keine übernatürliche Hexerei gehörten. Gemeinsam schritten sie die alten verwitterten Steintreppen ins Kellergewölbe hinab. In dem Raum, wo der Kommissar das eiserne Kreuz gefunden hatte, stellten sie ihre Liegestühle auf und richteten sich für die Nacht ein. Außerdem hatte sie etliche elektronische Gräte mitgebracht, die sie an den rauen Felswänden platzierte. Sie schloss die Geräte an einen merkwürdigen Oszillographen an, von dem sie meinte, er würde die Energiestrahlen messen und schließlich auch aufzeichnen. Eher misstrauisch beobachtete Spencer die Aktivitäten der Seherin. Draußen tobte unterdessen ein heftiges Gewitter und das eindringende Regenwasser lief an den Felswänden hinunter. Es war kalt und feucht und sehr unbehaglich. Doch die beiden harrten eisern in dieser halbdunklen Einsamkeit der Katakomben aus. Bis Mitternacht verging die Zeit recht schnell. Miss Hartford saß vor ihrem Oszillographen und wertete die Kurven aus. Schließlich drehte sie sich zu Spencer um und meinte, dass sie noch nichts bemerkt habe, was auf eine erhöhte Energie oder auf eine Geistererscheinung hindeutete. Spencer rollte mit seinen Augen und stöhnte.

Sollte das Ganze vielleicht doch der falsche Weg gewesen sein? Aber wie sollte er sich sonst auf die Spuren einer Kräuterhexe begeben, bei welcher er ja nicht einmal wusste, ob es sie überhaupt gab? Gerade fielen ihm die Augen zu, da zischte plötzlich Miss Hartford: „Da, da ist was! Ich sehe es genau! Starke Energiefelder sind im Raum!"
Vielsagend deutete sie mit ihrem Zeigefinger auf eine stark ausschlagende Kurve. Verständnislos beäugte sich Spencer die Kurve und sagte dann gelangweilt: „Na und, das sagt noch gar nichts."
Doch Miss Hartford schien vollkommen aus dem Häuschen zu sein. Immer wieder deutete sie auf die heftig ausschlagende Kurve und schloss schließlich ihre Augen. Dann flüsterte sie beschwörend: „Wir müssen jetzt ganz still sein, sonst vertreiben wir sie wieder. Sie ist hier. Lina Essex, die Hexe, sie ist es, sie ist hier! Ich sehe sie genau. Sie will uns irgendetwas sagen!"
Der Kommissar hatte längst bereut, sich auf diesen Hokuspokus eingelassen zu haben. Doch er musste diese vollkommen verrückte Nummer jetzt durchstehen und kam da nicht mehr raus. So spielte er einfach mit und erkundigte sich nach dem Aussehen der vermeintlichen Hexe. Doch Miss Hartford

schwieg und deutete plötzlich auf die Felswand vor sich. Da flimmerte etwas und der Kommissar traute seinen eigenen Augen nicht mehr. An der Felswand erschien eine alte Frau in langen schwarzen Kleidern und starrte die beiden schweigend an. Sie hielt etwas in der Hand. Es sah aus wie Papierbogen. Miss Hartford näherte sich der Erscheinung und blieb in respektvollem Abstand regungslos stehen. Und selbst Kommissar Spencer starrte wie gebannt auf die fluktuierende Felswand. Noch immer schien er sich nicht damit abgefunden zu haben, dass es zwischen Himmel und Erde wohl doch mehr zu geben schien, als er bislang zu glauben bereit war. Kopfschüttelnd betrachtete er sich die alte Frau und studierte ihr Gesicht. Sollte das wirklich diese Kräuterhexe sein? War das Lina Essex? Er hielt es einfach nicht mehr aus und wollte der Sache auf den Grund gehen. Vorsichtig erhob er sich und wollte sich der Felswand nähern. Doch da blitzte das Bild grell auf und verschwand. Miss Hartford war entsetzt. Laut schrie sie den Kommissar an: „Sind Sie verrückt! Sie haben den Geist nun für immer verjagt und alles war für die Katz!"
Doch so ganz für die Katz schien das Ganze wohl doch nicht gewesen zu sein. Irgendet-

was segelte vor der Felswand zu Boden. Miss Hartford bückte sich und hob es auf. Es waren jene Papierbogen, die die rätselhafte Frau in ihren Händen gehalten hatte. Wie war es nur möglich, dass die Bogen in die Wirklichkeit und damit in die heutige Zeit gelangten? Konnte so etwas wirklich funktionieren oder war das alles nur ein großer Spuk und sinnreich eingefädelt von dieser angeblichen Geisterseherin Miss Hartford? Auf den Bogen war ein undeutlicher und handschriftlich verfasster Text zu sehen. Doch es half nichts, diesen Text an Ort und Stelle zu entziffern. Da sich die ganze Nacht über keinerlei Energieschwankungen mehr zeigten, brachen die beiden schon sehr früh am nächsten Morgen die Untersuchung ab. Spencer bedankte sich bei Miss Hartford und ersuchte sie, Stillschweigen über das Erlebte zu wahren. Dann gab er die Textbogen zur Untersuchung ins Polizeipräsidium. Dort stellte sich heraus, dass die Papierbogen circa dreihundert Jahre alt waren. Und sie gehörten tatsächlich einer Lina Essex, die man als Kräuterhexe verbrannte. Zuvor aber war sie die Ehefrau des Fürsten von Finkenbart. Sie hatte also den alten Sir Finkenbart geehelicht, dem einst dieses Schloss gehörte. Als sie schließlich hinter die heimlichen Liebschaf-

ten des Fürsten kam, wusste sie zu viel und hätte wegen ihrer Unbefangenheit dem Fürsten gefährlich werden können. So wurde sie kurzerhand zur Kräuterhexe abgestempelt und musste fortan jahrelang ihr Dasein in den Katakomben des Schlosses fristen. Letztendlich wurde sie in einer Nacht- und Nebelaktion zum Tode verurteilt. Noch vor dem Scheiterhaufen rief sie laut: „Ihr könnt mich zwar töten, doch wird mein Fluch über Euch kommen! Wenn in dreihundert Jahren ein männlicher Nachfahre meines Mörders an dieses Schloss zurückkehrt, um hier als Fürst zu leben, wird er sterben."
Wenig später verschwand der alte Sir Finkenbart bei einer Wildschweinjagd und wurde nie mehr gefunden. Damit hatte Spencer einen Teil des Geheimnisses gelüftet. Es gab also diese sagenhafte Lina Essex, die beim damaligen Fürsten in Ungnade fiel und umgebracht wurde. Selbst der Dolch, mit welchem der junge Prinz dreihundert Jahre später ermordet wurde, gehörte der alten Fürstin. Sie hatte sich ihn zu Verteidigungszwecken schmieden lassen.
Als der Kommissar den Stammbaum des ermordeten jungen Prinzen genauer studierte, bemerkte er, dass dieser ein direkter Nachfahre des damals verschollenen Fürsten

von Finkenbart war. Als er schließlich zum Schloss kam, um irgendwann die Fürstentochter Melanie zu ehelichen, erfüllte sich Linas Fluch auf grausame Weise. Denn es war Sir Finkenbart selbst, der damals den Scheiterhaufen unter seiner Noch-Ehefrau Lina Essex entzündete ...

Rache der Vergangenheit

Der Fall war so tragisch wie auch merkwürdig! Irgendein Heckenschütze hatte aus sicherer Entfernung auf einen jungen Mann geschossen, der gerade dabei war, in seinen Wagen einzusteigen. Die Kugel traf ihn glücklicherweise nur an der Schulter. Doch der Täter konnte nicht gefasst werden, obwohl er ziemlich genau beschrieben wurde. Es sollte ein Mann in einer schwarzen Jacke gewesen sein, der auf dem Dach des Gebäudes stand, welches sich gegenüber vom Parkplatz befand. Man fand nur die schwarze Jacke, die seltsamerweise ein Loch in der Herzgegend aufwies. Die Suche gestaltete sich zwar schwierig, doch man fand sehr schnell eine heiße Spur. Die Jacke aber konnte dem Verdächtigen nicht zugeordnet werden. So musste er wieder freigelassen werden. Auch die Kugel, die den jungen Mann beinahe getötet hätte, wies einige Eigenarten auf. Sie stammte aus einem Gewehr, welches schon sehr alt sein musste. Man konnte trotz all dieser stichhaltigen Anhaltspunkte keinen Täter finden. So wurde schließlich der Profiler Conrad Jenkins zur Rate gezogen. Jenkins hatte sich eigentlich schon zur Ruhe gesetzt. Aber in besonders hartnäckigen Angelegenheiten befragte man ihn noch. Jenkins war ein älterer, recht gemütlicher Herr, der es eher langsam anging. Nicht jeder Polizeibeamte fand das so gut. Denn immerhin wollte man schnell die Täter zu fassen bekommen. Es war aber Jenkins Akribie und die Zielstrebigkeit, die ihn dann doch immer wieder auf die richtige Fährte setzten. Jenkins schaute sich auch diesen Tatort genau an. Dann begab er sich auf das Dach des Hochhauses, von welchem der Schuss gefallen war. Er konnte nichts Verdächtiges feststellen. Und er wusste genau, dass der Täter darauf bedacht war, alle seine Spuren zu verwischen. Allerdings machte Jenkins an genau dieser Stelle eine Denkpause. Irgendetwas in ihm veranlasste ihn, in eine andere Richtung zu denken. Es ging gar nicht mehr um eine Spurensuche. Vielmehr ging es um Motive.

Wer war das Opfer? Wer war dieser angeschossene junge Mann? Könnte er ein Auslöser für diese Tat gewesen sein? Gab es in dessen Familie einen Hinweis, der auf die Schussattacke hinweisen könnte?

Jenkins tappte nach wie vor im Dunkeln und fand wie auch seine ehemaligen Polizeikollegen absolut keinen Anhaltspunkt. Sollte dieser Täter etwa davonkommen? Was wäre, wenn er wieder zuschlagen würde? Gäbe es dann noch mehr Opfer? Vielleicht würde er inmitten der Stadt erneut zuschlagen? Jenkins fand einfach keine Ruhe mehr. Nachts blieb er stundenlang wach und ging in Gedanken die unfassbarsten Szenarien durch. Irgendeine Spur musste es doch geben? Irgendwann befasste man sich tatsächlich damit, den Fall vorerst zu den Akten zu legen. Die zuständige Mordkommission sollte aber weiter arbeiten. Und Jenkins fand noch immer keinen stichhaltigen Hinweis. Er forschte jedoch immer weiter. Es wäre sein erster Fall, bei welchem er versagen würde. Das durfte auf gar keinen Fall geschehen. So zog er eines Nachts los und untersuchte heimlich die Umgebung des Hauses, in welchem der angeschossene junge Mann lebte. Es war ein sehr altes Gebäude, in welchem der Mann wohnte. Und rund um das ehrwürdige Gemäuer erstreckte sich ein wackeliger Gartenzaun. Doch was war das? Im dichten Gebüsch, hinter dem Haus entdeckte Jenkins einen Stein. Mit seiner Taschenlampe leuchtete er hinter den Zaun. Es musste ein Grabstein sein, der dort stand. Plötzlich zog ein heftiges Gewitter auf. Die grellen Blitze erhellten die Gegend und tauchten den Grabstein in ein seltsames Licht. Zwischen den dumpfen Donnerschlägen glaubte

Jenkins, eine Stimme zu hören. Zwar verstand er nicht, was die Stimme da sagte, doch er war sich ganz sicher, dass da etwas war. Es begann zu regnen und Jenkins wusste nicht so genau, ob er weiter kundschaften sollte. Doch seine Neugier war so stark, dass er sich durch eine schmale offene Stelle im Gartenzaun zwängte. Es bedurfte schon einiger Anstrengungen, um das dichte Gestrüpp, welches den Grabstein einhüllte zu beseitigen. Als er es schließlich geschafft hatte, richtete er den Lichtkegel seiner Taschenlampe auf die verwitterten Initialen, die einst in den Stein hinein gemeißelt wurden. Er las einen Namen: Jane Andrews, geboren am 8. November 1890, ermordet im Dezember 1916. Jenkins konnte sich keinen Reim darauf machen. Sie war noch so jung, erst 26 Jahre! Da vernahm er wieder diese Stimme. Und nun war sie so deutlich zu hören, dass er sie teilweise recht gut verstehen konnte. Es war eine glockenklare Frauenstimme. Sie flüsterte immer wieder die gleiche Worte: „Töte ihn, töte meinen Mörder."

Obwohl der Donner des Gewitters ihre Worte in sich verschlang, konnte er sie dennoch gut hören. War das Jane Andrews? War das die hier begrabene junge Frau? Und was hatte das mit diesem jungen Mann zu tun, der hier lebte? Das Gewitter zog langsam ab und so seltsam es sein mochte, auch Jenkins wollte nicht länger bei diesem sonderbaren Grabstein bleiben. Denn im Schutze des Gewitters war er sicherer als in diesem Moment. Jeden Augenblick konnte der junge Mann am Fenster seines Hauses erscheinen und ihn möglicherweise entdecken. Das wäre dann das Ende seiner Mühen. Jenkins fuhr nach Hause, um sich seine weiteren Schritte zu überlegen.

Den Polizeibeamten der Mordkommission sagte er nichts von seinen neuesten Erkenntnissen. Immerhin hatte er ja noch keine handfeste Spur, nur einen winzigen Hinweis. Am nächsten Tag recherchierte er nach dieser ominösen Jane Andrews. Wer war diese unbekannte Frau? Und in welchem Verhältnis stand sie zu dem angeschossenen jungen Mann? Im Lesesaal der Universität fand er einen erstaunlichen Zeitungsartikel. Darin wurde über den mysteriösen Mordfall im Jahre 1890 geschrieben. Jane Andrews war demnach die Ehefrau eines Komponisten, namens Clark Andrews.

Der aber war noch bevor Jane ermordet wurde, an Herzversagen gestorben. Doch im Zeitungsartikel beschrieb der Autor eine seltsame Beobachtung: bei der Beerdigung stand eine ältere Dame an Janes Grab, ihre Tante Corina. Diese allerdings wurde als böse und gemein beschrieben. Jane hatte sich nie mit ihr verstanden. Und den Aussagen des Zeitungsartikels zufolge, wollte Jane auch nicht, dass Corina jemals in ihrem Hause erschien. Die logische Folgerung war, dass Jane es auch niemals gewollt hätte, dass ausgerechnet diese verhasste Tante an ihrem Grabe erschien. Warum also war sie dennoch dort? Nur um Jane zu ärgern? Das ergab wohl keinen Sinn. Vielmehr glaubte Jenkins, dass Corina etwas mit dem Mord an Jane zu tun haben musste. Möglicherweise hatte sie Jane umgebracht? Es wäre immerhin möglich. Doch noch immer gab es keinerlei Verbindungen zwischen dem Schützen auf dem Dach, dem jungen Mann und dieser Jane aus der Vergangenheit. Jenkins raufte sich die Haare. Irgendwo musste es doch diese Verbindung geben! In den folgenden Tagen saß er wieder stundenlang im Lesesaal. Dort fand er schon öfter wichtige Anhaltspunkte bei aussichtslosen Mordfällen. Und auch diesmal fand er etwas, einen Hinweis auf Janes Tante Corina. Sie war bekannt dafür, dass sie sich mit Kräutern recht gut auskannte. Deswegen brachte sie damals oft diverse Kräuter in eine Apotheke. Der Apotheker wiederum wurde eines Tages vergiftet in seinem Haus aufgefunden. Es war stark anzunehmen, dass Corina auch ihn umgebracht hatte. Mehr noch, sie galt seither als reiche Frau. Woher sie das ganze Geld hatte, war nicht mehr sehr schwer zu erraten. Mit großer Wahrscheinlichkeit hatte sie es, nachdem sie den reichen alleinstehenden Apotheker vergiftet hatte, an sich genommen. Niemand kam darauf, dass sie dahinter steckte, denn ihr vor Jahren verstorbener Ehemann war Polizeibeamter. So wurde nie gegen Corina ermittelt. Und plötzlich entdeckte Jenkins eine merkwürdige Textpassage in einer Familienchronik. Diese hatte die vermisste Tochter von Corina heimlich angelegt. Darin stand, dass einerseits sie die Tochter von Corina war und andererseits ihr Sohn im Hause des viele Jahre später angeschossenen jungen Mannes lebte. Demnach war dieser angeschossene junge Mann also ein Nachfahre von Tante Corina. Keine Frage, aber das Haus, in welchem er lebte, gehörte einst dieser Jane Andrews. Auch der verwitterte Grabstein unter dem dichten Gebüsch wies ja darauf hin. Durch den Mord an Jane und später auch am Apotheker konnte sich Corina nicht nur das Vermögen desselben an sich reißen. Nein, sie bemächtigte sich auch noch des Hauses von Jane. Doch wer war der Schütze, der auf den jungen Mann geschossen hatte? Die Antwort lag genau vor Jenkins in diversen Dokumenten der Stadt! Denn die ermordete Jane Andrews hatte einen Sohn, der von Beruf Advokat war. Der wiederum wusste von der Raffgier seiner Tante Corina und hatte sie oft heimlich beobachtet, wie sie giftige Kräuter im Wald sammelte. Aber auch Corina kam dahinter, wie er sie beobachtete. Vermutlich mit dem Gewehr ihres Mannes, der bekanntlich bei der Polizei war, erschoss sie ihn. Denn in der Leiche des Advokaten fand man die gleiche Munition, die auch das Gewehr von Tante Corinas Mann benötigte. Aber auch hier war es wie einst bei Jane - es wurde nicht weiter ermittelt, weil schon erneut die Spuren eindeutig zu Corina tendierten. Es war nun der Geist des Sohnes von Jane Andrews, der noch einmal zurückgekehrt war, um sich am Nachfahren von Tante Corina grausam zu rächen. Er wollte ihn erschießen! Doch er traf den jungen Mann nur an der Schulter. Am Tatort aber fand sich seine schwarze Jacke, die niemandem zugeordnet werden konnte. Diese schwarze Jacke hatte ein Loch in der Herzgegend. An dieser Stelle trat damals die Kugel ein, die ihn selbst tödlich getroffen hatte.

So wusste Jenkins, dass er es war, der auf dem Dach stand und geschossen hatte. Tage später fand er auch das Gewehr, mit welchem der Schütze auf den jungen Mann schoss. Es lag im dichten Gebüsch neben dem Grabstein von Jane Andrews. Und es war wie ein Fluch aus der Vergangenheit, denn das Gewehr des Schützen war das gleiche, mit welchem damals Tante Corina vermutlich Janes Sohn erschoss …

Maisfeld

Kommissar Rogalla kam nicht mehr weiter in seinem Fall. Die tote Claire im Maisfeld, dann die Fußspuren, die sich an der Straße verloren. Und sonst - nichts! Nicht einmal Kleidungsrückstände oder DNA-Spuren fanden sich am Fundort der Leiche. War die Tote vielleicht dorthin verbracht worden? Rogalla hatte die Vermutung, dass das Verbrechen anderswo stattgefunden haben musste. Eine Schleifspur deutete darauf hin. Aber war das wirklich so? Rogalla versuchte es mit einem Profiler. Der stellte schließlich eindeutig fest, dass Claire zuletzt an einem See gesehen wurde, der sich nicht allzu weit vom Maisfeld befand. Gleich hinter dem See befand sich der kleine Dorffriedhof. Claire war oft auf dem Friedhof und auch sehr gern am See. Schon als Kind liebte sie solch stille Orte, sagten ihre Eltern dem Kommissar. Die beiden kamen nicht über den Tod ihrer geliebten Tochter hinweg.
Jeden Abend beteten sie, dass man den Mörder endlich finden möge. Doch alles Beten, alles Hoffen schien vergeblich. Der Täter wurde nicht gefunden. Sollte dieser Fall tatsächlich in den Akten mit der Aufschrift: „Täter unbekannt" abgelegt und schließlich

irgendwann vergessen werden? Das konnte er den Eltern einfach nicht antun. Aber es blieb ihm wohl keine Wahl. Alles sah so aus, als ob genau das geschehen sollte.
Es war an einem verregneten Samstagabend. Rogalla saß in seinem Haus und hörte klassische Musik. Er brauchte das, denn die Kriminalfälle zerrten doch mächtig an seinem angekratzten Nervenkostüm. Manchmal dachte er schon daran, diesen Beruf endgültig an den Nagel zu hängen. Er hatte oft das Gefühl, mit all dieser Abartigkeit so mancher Verbrechen, mit den Abgründen in den verkorksten Seelen der Täter nicht mehr fertig zu werden. Auch wollte er immer seltener in die hilflosen Gesichter der Eltern all der ermordeten Kinder und Jugendlichen schauen. Er konnte diese Trauer und diese Agonie, in welcher sich all die todtraurigen und zutiefst verletzten Menschen befanden, nicht mehr ertragen. Er hatte den Kopfhörer auf „Volle Lautstärke" gestellt und gab sich gerade einem eindrucksvollen Bratschensolo hin, als plötzlich jemand vor ihm stand. Wie von der Tarantel gestochen sprang er aus seinem Sessel und hätte dabei beinahe das Kabel des Kopfhörers angerissen. Entsetzt starrte er in das Gesicht einer alten Frau. Sie trug einen langen schwarzen Mantel und hatte ein

schwarzes Tuch um den Kopf gelegt. „Wer sind Sie?", brüllte Rogalla, „Wie kommen Sie hier herein?" Die Alte starrte den Kommissar noch eine Weile an. Dann sagte sie mit seltsam monotoner Stimme: „Ich weiß, wer Claire ermordet hat. Sie müssen mit mir kommen. Dann zeige ich Ihnen, wo der Täter lebt." Rogalla fand das alles vollkommen unglaublich und wollte noch immer wissen, wie diese Fremde Frau in sein Wohnzimmer gelangte. Denn noch immer war er davon überzeugt, dass diese Frau eine Einbrecherin sein musste, die sich nur rausreden wollte. Allerdings die Tatsache, dass sie nicht weglief oder ihn mit einer Waffe bedrohte, ließ ihn an seiner Vermutung zweifeln. Die Alte stand vor ihm und schaute ihn mit traurigen Augen an. Solch traurige Augen hatte er noch nie gesehen. Auch breitete sich eine unfassbare Atmosphäre um die Alte aus. Es war beinahe wie ein Bann, der den Kommissar ergriff. Er konnte sich gar nicht dagegen wehren. Und er konnte dieser alten Frau in seinem Innersten auch nicht so recht böse sein. Irgendetwas Seltsames verband sich mit dem Erscheinen der Frau und dem ungeklärten Fall. Sollte er vielleicht doch mit ihr gehen? Was, wenn sie ihn nur in eine böse Falle locken wollte, um ihn dann zu berauben o-

der ihn gar zu töten? Aber was sollte sie schon davon haben? Hatte sie die junge Frau im Maisfeld umgebracht? Rogalla schüttelte seinen Kopf und schob seine wirren Gedanken beiseite. Dann sagte er: „Ja, gut, ich komme mit!"
Die Alte wandte sich zum Gehen und der Kommissar folgte ihr. Die beiden liefen durch die Dunkelheit der Nacht und der Regen durchnässte den Kommissar bis auf die Haut. Seltsamerweise blieb die Kleidung der alten Frau vollkommen trocken. Zwar wunderte das den Kommissar, doch der Gedanke daran, dem Täter bald Auge in Auge gegenüber zu stehen, ließ ihn das alles vergessen.
Die Alte führte ihn über Stock und über Stein. Der Weg führte die beiden hinaus aus dem Ort bis zum alten Friedhof. Als die Alte vor dem Friedhof stehenblieb, wunderte sich Rogalla.
Warum gingen sie nicht weiter? Wusste sie am Ende doch nicht, wer es war? Die Alte deutete mit dem Finger auf den Friedhof und sagte dann: „Der Friedhofsverwalter war's! Nehmen Sie ihn fest! Er hat einen Ring am Finger. Dieser gehörte einst Claire. Er hat ihr diesen Ring vom Finger gezogen, als sie tot war. Er stellte ihr nach und als sie sich wehrte, brachte er sie auf dem Friedhof um."

Der Kommissar glaubte seinen Ohren nicht mehr zu trauen. Sollte diese merkwürdige Alte tatsächlich die Wahrheit sprechen? Dann musste er den Friedhofsverwalter schnellstens festnehmen. Aber woher wollte die Alte all das so genau wissen? War sie dabei?

Hatte sie das Verbrechen etwa mit angesehen? Wie sonst sollte sie wissen, wer der vermeintliche Täter war? Rogalla wollte die Alte danach fragen, doch die war plötzlich verschwunden. Er rief noch einmal laut nach ihr und schaute sich nach allen Seiten um.

Die Alte aber war nirgends mehr zu sehen. Irritiert lief er nach Hause zurück. Dort rief er umgehend in seinem Kommissariat an und ließ den Friedhofsverwalter festnehmen. Es stellte sich heraus, dass das der richtige Täter war. Bei der Verhaftung trug er sogar noch Claires Ring am Finger. Beim Verhör verstrickte er sich derart in Widersprüche, dass er schließlich alles zugab. Immer wieder hatte er Claire beobachtet, wie sie mit Blumen auf den Friedhof kam. Er fand sie sympathisch und sprach sie an. Doch sie reagierte nicht so, wie er es sich erhofft hatte. Sie wies ihn kurzerhand ab. Er wollte sie aber mit aller Macht für sich haben und sann sich aus, wie er es anstellen könnte, dass sie ihn nett fand. Aber alles Bemühen seinerseits endete lediglich in Claires abgrundtiefer Verachtung. Das wiederum verkraftete der Stalker nicht. Er nahm sich vor, sie zu zwingen, mit ihm zu gehen. Als sie schließlich wieder einmal auf den Friedhof kam, um für jemanden Blumen aufs Grab zu legen, schlug er zu. Er zwang sie, ihm zu gehorchen. Als sie sich weigerte, erwürgte er sie und brachte ihre Leiche dann zum Maisfeld, wo man sie später auch fand. Rogalla war froh, den Fall doch noch aufgeklärt zu haben. Nur die alte Frau konnte man nicht mehr finden. Er ließ sogar nach ihr fahnden, aber auch das blieb erfolglos. Tage später musste Rogalla noch einmal auf den kleinen Dorffriedhof. Er brauchte noch einige wichtige Unterlagen aus dem Büro des Friedhofsverwalters. Als er den Weg an den Gräbern vorbei lief, stutzte er plötzlich. Auf einem großen Grabstein am Wegesrand entdeckte er ein Bild, welches in den Stein eingelassen war. Rogalla erkannte die Person darauf sofort: es war die Alte, die ihm den Täter genannt hatte. Doch das Merkwürdigste war, dass es sich bei der alten Frau um die vor zwanzig Jahren verstorbene Großmutter der Ermordeten handelte …

Schwarzer Mann

Der Kaffee schmeckte süß, zu süß, und Inspektor Herborn saß nachdenklich vor dem Bild der gerade erst tot aufgefunden Amanda Keller, die am Rande eines abgemähten Kornfelds gefunden wurde. Vermutlich wurde sie mit einem Tuch erdrosselt und der Täter war flüchtig. Herborn musste noch einmal los, um die Leute des angrenzenden Dorfes zu befragen. Viel versprach er sich nicht davon, denn die Leute in dieser Gegend galten als starrköpfig und wenig gesprächig. Dennoch lag ihm viel daran, gerade diesen Fall aufzuklären. Denn die Ermordete hatte einen kleinen Sohn. Der war unterdessen zu seinen Großeltern gebracht worden und konnte sich gar nicht mehr beruhigen. Allein dafür lohnte es sich, alles an die Aufklärung des Falles zu setzen. Die Befragung der Dorfbewohner gestaltete sich genau so wie der Inspektor vermutete. Er erfuhr natürlich nichts und wollte wieder in seine Pension zurück fahren. Da entdeckte er vor einer verlassenen Scheune am Straßenrand einen kleinen Jungen. Der saß zitternd im Stroh und seine Augen stachen ängstlich unter seinem lustigen Pony hervor. Herborn brauchte eine Weile, um den Kleinen von seiner Polizeizugehörigkeit zu überzeugen. Und irgendwie klappte das auch ganz gut. Schließlich saßen die beiden gemeinsam im Stroh und der Kleine, der sich Tim nannte, erzählte von einer sonderbaren Beobachtung. Mit zittriger Stimme berichtete er dem Kommissar, dass er mal wieder auf der Suche nach einem herumirrenden Bären war und gar nicht mehr nach Hause wollte. Doch als er sich schließlich doch auf den Heimweg begab, bemerkte er einen seltsamen, schwarz gekleideten Mann. Dieser unheimliche Fremde trug eine schwarze Maske und stand regungslos mitten auf der Straße. Erschrocken und total verwirrt flüchtete Tim in diese Scheune und der schwarze Mann kam ihm glücklicherweise nicht hinterher. Herborn ließ den Kleinen reden, wollte wohl erreichen, dass der Junge etwas ruhiger wurde. Immerhin war er sehr aufgeregt und ängstlich. Der Inspektor versprach dem Kleinen, ihn mit seinem Polizeiwagen nach Hause zu bringen. Tim war selig vor Glück, denn er wollte unter keinen Umständen allein durch die Nacht irren. Nachdem der Kommissar den kleinen Jungen bei dessen Eltern abgesetzt hatte, fuhr er wieder hinaus, wollte den Fundort von Amandas Leiche auf sich wirken lassen. Vielleicht gab es ja doch irgendwelche Anhaltspunkte, die ihm bislang nicht aufgefallen waren. Doch als er seinen Wagen vor dem Feld anhielt und in die schweigende Dunkelheit starrte, spürte er gar nichts. Nebelschwaden stiegen aus dem Feld und wurden dichter und dichter. Herborn konnte im Scheinwerferkegel fast nichts mehr erkennen. Da schien sich plötzlich der Nebel zu teilen. Wie versteinert klemmte der Inspektor in seinem Sitz und beobachtete das mysteriöse Geschehen. Zwei rote Lichtpunkte drangen durch die Dunkelheit und plötzlich stand ein schwarz gekleideter Mann mit einer schwarzen Maske in den wabernden Nebelschwaden. Er rührte sich nicht und der Inspektor tastete aufgeregt nach seiner Waffe in der Jackentasche. Doch als er sie herausziehen wollte, verschwand der Mann wieder im Nebel genau so plötzlich, wie er gekommen war. Herborn versuchte noch irgendetwas zu erkennen. Doch der schwarze Mann blieb verschwunden. Irgendwie hatte der Inspektor das sonderbare Gefühl, dass dieser Fremde der Mörder gewesen sein könnte. Doch er konnte ihn in diesem immer dichter werdenden Nebel unmöglich verfolgen. Er würde sich selbst in Gefahr bringen. So startete er den Wagen und fuhr auf die Straße zurück.

Langsam tastete sich das Fahrzeug in die Richtung, in welcher Herborn das Dorf vermutete. Die Scheinwerfer bohrten sich in den dichten Nebel und die Fahrt schien endlos zu sein. Plötzlich ruckelte der Wagen. Nervös hielt Herborn den Wagen wieder an und suchte nach der Ursache. An der Tankanzeige sah er, dass kein Benzin mehr im Tank war. Nervös kramte er sein Handy aus der Jackentasche und wollte Hilfe rufen. Doch es war wie in einem schlechten Krimi, denn der vermaledeite Akku war leer! Was sollte er jetzt tun? Sollte er wirklich aussteigen und zu Fuß nach dem Dorf suchen? Doch, hatte das wirklich Sinn? Sollte er nicht warten, bis sich der Nebel verzogen hatte und erst dann loslaufen? Nachdenklich schaltete er die Scheinwerfer aus. Er öffnete die Wagentür und stieg aus.

Der kalte feuchte Wind fächelte um sein Gesicht und wirbelte den Nebel gespenstisch auf. Und plötzlich vernahm er ein Geräusch. Es war ein sonderbares Rascheln, das sich rasch näherte. Aus dem Nebel trat erneut dieser merkwürdige schwarze Mann. Wieder blieb er regungslos stehen und nur seine roten Augen stachen wie Blitze durch die Dunkelheit. Herborn spürte, wie sein Herz zu rasen begann. Auch machte sich ein flaues

Gefühl in seiner Magengrube breit. Es war ein Gefühl, welches er schon lange nicht mehr kannte: Angst! Ihm war klar, dass er diese lähmende Angst überwinden musste, wenn er sich dem Täter entgegen stellen wollte. Entschlossen griff er nach seiner Waffe, die er vorsichtshalber bereits auf den Beifahrersitz gelegt hatte. Gerade wollte er den vermeintlichen Täter zum Aufgeben zwingen, da ertönte ein Schuss. Zunächst glaubte Herborn, der Täter habe auf ihn geschossen. Doch er hatte ja gar keine Waffe bei dem schwarzen Mann gesehen. Und als er an sich herunter schaute, konnte er keine Verletzung entdecken. Dafür wankte der fremde Mann bedenklich hin und her und fiel schließlich auf die feuchte Straße. Mit einem Satz sprang Herborn hinter seinen Wagen, um sich dort zu verbergen. Wer hatte da geschossen? Unmöglich konnte er sich in dieser gefährlichen Situation dem Fremden nähern. Vermutlich wartete der Schütze nur darauf, ihn auch noch umlegen zu können. Aber warum? Herborn kroch vorsichtig in seinen Wagen zurück und versuchte, diesen zu starten. Es gelang, also musste sich doch noch ein Rest Benzin im Tank befinden. Er drückte aufs Gaspedal und raste davon. Er schaffte es bis ins Dorf, denn der Nebel hatte sich ein wenig gelichtet. Von dort rief er Verstärkung. Kurze Zeit später trafen die Polizeiwagen ein. Herborn wies die Beamten an, zu der Stelle zu fahren, wo der schreckliche Mord geschah. Sofort fuhren sie los. Und sie fanden den schwarz gekleideten Mann mit der noch viel schwärzeren Maske. Es stellte sich schließlich heraus, dass die DNA des Fremden mit der am Fundort von Amandas Leiche übereinstimmte. Denn bei diesem Mord hatte er sich an der Hand verletzt und Blut verloren. Sie waren also dem Täter auf die Spur gekommen. Nur, wer hatte den Täter erschossen? Inspektor Herborn tappte nach wie vor im Dunkeln. Zwar konnte er sich den Erfolg bei der Aufklärung des Frauenmordes auf seine Fahne schreiben. Doch wer letztendlich den Täter umgebracht hatte, blieb für lange Zeit im Dunkeln. Man fand ein schwarzes Tuch hinter einer Hecke, von welcher der tödliche Schuss abgefeuert wurde. Es war das Tuch, mit welchem Amanda erdrosselt wurde. Es war über und über mit satanischen Zeichen und grässlich grinsenden Teufelsgesichtern bedruckt. Solch ein Tuch hatte Herborn noch nie gesehen. Und sämtliche Ermittlungen in einschlägigen Läden und Märkten führten nur ins Leere. Offenbar war dieses Tuch in Handarbeit hergestellt worden. Aber wem konnte es nur gehören? Wochen und Monate vergingen und der Inspektor kam keinen Schritt weiter. Eines Tages fuhr er mit seinem Wagen an einer Baustelle vorüber. Ein altes Friedhofsgebäude wurde eingeebnet und als der Inspektor daran vorüber fahren wollte, fielen Gesteinsbrocken auf die Fahrbahn. Gerade noch rechtzeitig konnte er den Wagen anhalten. Er stieg aus und wollte die Bauarbeiter zur Rede stellen. Da sah er neben einer alten Grabstelle eine große verwitterte schwarze Steinfigur. Sie starrte bedrohlich zu Herborn herüber und der schien sich an irgendetwas zu erinnern. Irgendwo musste er das starre unheilvolle Gesicht dieser Figur schon einmal gesehen haben. Und plötzlich fiel es ihm wieder ein: es war eines der Teufelsgesichter auf dem merkwürdigen schwarzen Tuch! Und als Herborn näher an die steinerne Figur heran trat, bemerkte er etwas, dass er nicht glauben konnte: in ihrer Hand hielt die Figur einen funktionstüchtigen Revolver…

Blutige Oblaten

Ein alter Pfarrer wollte aus Altersgründen seine vertraute Kirche verlassen, um einem anderen, einem Jüngeren platz zu machen. Die kleine Kirche in dem noch viel kleineren Ort sollte jedoch schnell wieder einen Pfarrer bekommen und so musste die Suche stark beschleunigt werden. Es meldeten sich nicht sehr viele, die hinaus aufs Land wollten, aber einer schien sich wirklich sehr zu interessieren. Miklos, ein sympathischer Mittvierziger, der anscheinend bestens mit allen Menschen auskam, fühlte sich so richtig wohl in dem kleinen Ort, und er wurde letztendlich vom Kardinal des Ordinariats dort eingesetzt.

Der erste Gottesdienst des neuen Pfarrers gestaltete sich wirklich sehr optimistisch und die Leute fanden Miklos auf Anhieb nett und zuvorkommend. Das wiederum spornte auch Miklos an und die Wochenenden, an denen die Messen sattfanden, liefen in bester Eintracht unter der Bevölkerung ab. Miklos verstand es sogar wunderbar, ewig verstrittene Bewohner des Ortes zu besänftigen, sodass sie sich schließlich freundschaftlich und weinend in den Armen lagen.

Ja, so hätte es wirklich weitergehen können, wenn Miklos nicht große Geldsorgen geplagt hätten. Da er sehr lange ohne Anstellung war, musste er sich in der Vergangenheit mit Gelegenheitsjobs und alten Krediten, die er längst nicht mehr bedienen konnte, über Wasser halten. Doch das verrostete Auto tat seinen Dienst nicht mehr und das Ersparte war schon seit Wochen aufgebraucht. So dachte Miklos Tag und Nacht darüber nach, wie er seine Existenz am besten absichern konnte, denn so riesige Gelder nahm er in dem kleinen Ort als Pfarrer auch nicht ein. Es deckte nicht einmal ansatzweise seine Schulden und er wurde trauriger und trauriger. Oft konnte er seine Tränen kaum verbergen, wenn er seine Predigten hielt, was natürlich auch den Leuten des Ortes nicht verborgen blieb.

Eines Abends, Miklos wollte gerade in seine Unterkunft, eine kleine Pension, aufbrechen, erschien ein junger Mann. Er nannte sich Ante und gab vor, ein fliegender Händler zu sein. Miklos freute sich über den neuen Kirchenbesucher und segnete ihn sofort, doch Ante schien das zu missfallen. Er verzog sein Gesicht und seine spitzen Ohren wackelten ein ganz klein wenig hin und her. Er schien zu spüren, dass es dem Pfarrer nicht sehr gut ging und so lud er ihn einfach in die kleine Klause im Ort ein. Zunächst wollte Miklos nicht, aber dann war er doch einverstanden. Immerhin war er schon lange nicht mehr ausgegangen und es tat sicherlich gut, wenn er sich einfach mal unter die Leute des Ortes mischte. Die beiden brachen auf und fühlten sich wenig später in der kleinen Klause ziemlich wohl. Es gab reichlich Bier und selbst die Leute, die den Pfarrer bislang nur aus der Kirche kannten, fanden es sehr gut, dass er sich endlich auch mal an einer solchen Stelle blicken ließ.

Ante jedoch schienen sie nicht zu mögen, jedenfalls ließen sie ihn einfach sitzen und ignorierten ihn geflissentlich. Den gerissen wirkenden Ante aber schien das absolut nicht zu stören, er bestellte für sich und für Miklos einen Schnaps nach dem anderen und hörte sich schließlich die Sorgen des neuen Pfarrers geduldig an. Irgendwie schien es so, als ob Ante schon mit einer solchen Geschichte gerechnet hatte, jedenfalls wunderte er sich nicht und wurde selbst immer aufgeschlossener. Als Miklos von seinen riesigen Geldsorgen berichtete, wurde Ante recht ruhig. Offenbar interessierte ihn das sehr und dann tuschelte er so leise, dass es niemand anderes hören konnte außer nur Miklos, dass er helfen könnte. Er wollte Miklos die Summe leihen, wenn der für ihn bei jeder Messe jene Oblaten verteilte, welche Ante angeblich selbst gebacken hatte. Miklos fand das alles sehr wunderlich, hatte er doch nie gehört, dass jemand seine selbst gebackenen Oblaten in der Kirche verteilte. Doch warum sollte es so etwas nicht geben, immerhin war es ja für die Menschen, und was für die Menschen sein dufte, konnte nicht schlecht sein. Und so willigte er ein. Ante aber bestand auf einem Handschlag, und Miklos riss seine Hand hastig nach oben, wobei er das vor ihm stehende Bierglas umstieß. Es fiel zu Boden und zersprang. Schnell bückte sich Miklos und klaubte die spitzen scharfen Scherben auf. Dabei jedoch schnitt er sich und das Blut tropfte ihm auf die Hose, auf den Tisch und auf die Tischdecke. Ante allerdings reagierte erneut sehr sonderbar. Er hielt Miklos seine eigene Hand unter die Nase, meinte, er sollte doch sofort einschlagen, egal, ob die Hand blutig war oder nicht. Und Miklos reichte Ante die blutige Hand. Die beiden besiegelten ihren Handel mit diesem Handschlag, und das Blut benetzte dabei auch Antes Hand. Der grinste und atmete tief ein. Dann sagte er ziemlich erleichtert „Das ist gut, dass du genau so reagiert hast. Schon morgen kann ich dir die erste Lieferung edelster Oblaten vorbeibringen. Dann kannst du sofort anfangen, die Dinger zu verteilen!" Miklos, der nicht mehr so ganz nüchtern war, willigte ein und die beiden verabschiedeten sich, wobei Ante die gesamte Rechnung zahlte.

Am nächsten Tag kam Ante wie versprochen zur Kirche und brachte eine umfangreiche Lieferung von den bestens gebackenen Oblaten zu Miklos. Dabei musste er an einem großen, an einer steinernen Mauer angebrachten Holzkreuz vorüber. Kaum hatte er das Kreuz erreicht, wurde er ganz fahl und weiß im Gesicht und schien sich überhaupt nicht mehr wohl zu fühlen. Hastig erkundigte er sich nach einem anderen Eingang, gab vor, dass ihm dieser Weg zu weit sei, weil er Rückenschmerzen hätte. Doch Miklos musste ihn enttäuschen, es gab keinen anderen Weg, was Ante die Zornesröte ins Gesicht trieb. In Windeseile hatte er seinen Pickup entladen und zog sich so schnell zurück wie er gekommen war. Bevor er verschwand erhielt Miklos die erste Rate des versprochenen Geldes und konnte damit einen großen Teil seiner Schulden begleichen. Die Bank zeigte sich sehr edelmütig und würde, wenn er die zweite Rate vorbeibrächte, den Rest des geforderten Geldes ganz erlassen. Natürlich spornte das Miklos so richtig an und er drängte Ante, schon bald mit der nächsten Lieferung zu ihm zu kommen. Er verbrauchte wirklich alle Oblaten und war zufrieden und glücklich. Doch schon nach der dritten Messe fühlten sich die Leute nicht mehr wohl. Aus unerfindlichen Gründen erkrankten sie an Ausschlag, Übelkeit und Kopfschmerzen. Die zusätzlich auftretenden grippeähnlichen Symptome wurden stärker und stärker und keiner kam darauf, dass all das möglicherweise von den Oblaten herrühren könnte. Und so kam Ante mit der nächsten großen Oblaten-Lieferung. Diesmal rannte er derart panisch an dem Holzkreuz vorüber, dass man denken mochte, der Leibhaftige sei hinter ihm her. In Windeseile hatte er die Behälter mit den Oblaten in den kleinen Nebenraum des Altars verfrachtet und übergab dem glückseligen Miklos die nächste Rate des versprochenen Geldes. Miklos konnte sein Glück nicht fassen. Für die beinahe spielerische Leistung, die Oblaten zu verteilen, hatte er so viel Geld einfach so von einem Wildfremden erhalten. Das konnte wirklich nur noch gut werden. Dankbar und ehrerbietig verabschiedete er sich von Ante und zahlte auch diese Summe auf seiner Bank ein. Die tat das, was sie versprochen hatte, sie erließ Miklos den Rest seiner

Schulden! Der Pfarrer war überglücklich und erleichtert zugleich. Dass sich sein Leben derart schnell zum Positiven wenden würde, hätte er niemals gedacht. Und weil er den Duft des Geldes tief in sich eingesogen hatte, gespürt hatte, wie einfach plötzlich alles war, wollte er mehr von alledem. Er bat Ante, noch mehr Oblaten zu bringen und Ante tat ihm diesen Gefallen. Grinsend und mit sonderbar zynischen Bemerkungen lieferte er Oblaten ohne Zahl an den mittlerweile ziemlich reich gewordenen Pfarrer. Was der aber nicht bemerkte, es wurden immer weniger Leute, die noch an den Gottesdiensten und an den Messen teilnahmen. Einige waren gestorben, weil sie plötzlich an schweren Krankheiten darnieder lagen und andere wollten bemerkt haben, das aus den Oblaten, die Miklos verteilte, Blutstropfen rannen. Natürlich musste Miklos diesen Dingen nachgehen. Aber so sehr er die Oblaten auch begutachtete, auseinanderbrach und selbst verkostete, er konnte nichts Außergewöhnliches an ihnen finden und so erhielt er immer mehr Oblaten von seinem vermeintlich gutherzigen Lieferanten.

Eines Tages aber kam Ante nicht mehr. Miklos war längst mehrfacher Millionär und die einzelnen Schicksale der Menschen, die kaum oder gar nicht mehr in seine Kirche kamen, interessierten ihn absolut nicht. Er dachte nur noch an sein vieles Geld und daran, was er sich damit alles leisten konnte. Er legte sich ein richtig teures Auto mit dem dazugehörigen Chauffeur zu und ließ sich fortan in die teuersten Lokale in den großen Metropolen kutschieren. Dabei beließ er es jedoch nicht – er fand, dass er noch mehr Geld haben musste. Und weil Ante nicht mehr kam und keine Oblaten mehr brachte, begann er zu spielen. In den teuersten Kasinos ließ er sich einschreiben und gab Millionen für sein Spiel dort aus. Er war ein gern gesehener Gast und alle sahen es wohlwollend, wenn er sich vorfahren ließ. Dass er ein Pfarrer war, verschwieg er wohlweißlich, hatte die Menschen in seiner Pfarrei ohnehin längst vergessen. Aber dann wendete sich das Blatt. Denn er verlor, und er verlor wirklich alles, was er einst gewonnen hatte. Eine Million nach der anderen rann ihm durch die Finger und schon bald musste er seinen Chauffeur wieder entlassen. Das edle Auto wurde verkauft und seine Millionenvilla von der Bank versteigert. Er wurde arm und ärmer und hatte schon bald höhere Schulden als vor seinem vermeintlichen Aufschwung. Weil es ihm immer schlechter ging, erinnerte er sich an all die Leute in seinem kleinen Ort. Ob die sich wohl auch noch an ihn erinnerten und ihm helfen würden, aus diesem Schlamassel heraus zu kommen? Doch die Menschen in seiner ehemaligen Pfarrei wollten nichts mehr von ihm wissen. Schließlich hatte er sich damals, als es ihnen so dreckig ging, auch nicht um sie gekümmert. Viele waren gestorben, weil sie die schlechten Oblaten nicht vertragen hatten und Trauer und Unheil war in den kleinen Ort gekommen, der einstmals voller Frohsinn und Zufriedenheit lebte.

Miklos war am Boden, er war am Ende und schien es wohl nicht mehr lange zu machen, da fiel ihm Ante ein. Er rief die Telefonnummer an, welche er von Ante einst erhalten hatte. Und Ante meldete sich auch. Doch er hörte sich anders an als damals. Seine Stimme war böse, kratzte und raspelte wie ein Reibeisen. Was war nur geschehen? Ante kündigte seinen baldigen Besuch bei Miklos an, aber nicht, um ihm neue Oblaten zu bringen. Er wollte sein Geld zurück, welches er Miklos einst gegeben hatte. Miklos verstand die Welt nicht mehr und als Ante bei ihm in dessen armseliger Unterkunft eintraf, flehte Miklos ihn an, ihm doch noch ein allerletztes Mal zu helfen. Ante aber hatte sich nicht nur innerlich verändert. Auch äußerlich schien er anders geworden zu sein. Sein Gesicht war fahl und hohlwangig und seine starren roten Augen blitzten gefährlich und böse in die Welt. Ante sah irgendwie aus wie der Teufel und als Miklos flüsterte, dass Ante ja gar keinen Vertrag mit ihm gemacht hätte, fing der laut an zu lachen. Es hallte aus allen Ecken und jagte Miklos einen gehörigen Schrecken ein. Denn er erkannte nun, mit wem er sich da wirklich eingelassen hatte. Dieser vermeintliche Ante war kein einfacher Handelsreisender, er sah auch nicht so aus wie der Teufel – nein, er war selbst der Teufel, der Leibhaftige, und Miklos hatte seine Seele diesem Leibhaftigen verkauft! Denn es gab sehr wohl einen Vertrag, den der Teufel in Antes Gestalt dem armen Miklos untergejubelt hatte. Und dann erzählte Ante mit schriller fordernder Stimme, zynisch grinsend von dem seltsamen Vorfall in der Klause des Ortes. Denn dort war Miklos das Bierglas heruntergefallen und er hatte sich an den Scherben geritzt. Diesen Moment hatte Ante nur abgewartet und dann Miklos´ Hand gedrückt. Unter dem Handschlag aber lag ein vorgefertigter Vertrag, den Ante, also der Teufel höchstpersönlich, ausgefertigt hatte. Darin verpflichtete sich Miklos, zu bestätigen, dass er zwar all das viele Geld bekommen würde und er im Gegenzug die Oblaten an die Leute verteilte, aber drei Jahre später die gesamte Summe in einem Stück an Ante zurück zu zahlen hatte. Miklos Blut, das in großer Menge aus seiner Hand auf den Vertrag tropfte, besiegelte den Vertrag. Nun war der Teufel gekommen, um sich einerseits das gesamte Geld zurückzuholen und andererseits Miklos' Seele für immer zu vernichten. Miklos wurde kreidebleich und konnte nichts mehr sagen. Er spürte, wie sein Herz unregelmäßig zu schlagen begann und er fühlte, dass er schon in wenigen Augenblicken sterben würde. Zu viel Schlimmes war geschehen und zu geldgierig war er gewesen. Es gab wirklich keinen Ausweg mehr und der Teufel lachte, dass die letzten Gläser auf Miklos Tisch laut knirschend zerbarsten. Der Gehörnte hatte gesiegt und Miklos war für alle Ewigkeiten verflucht. Und als der ehemalige Pfarrer zu dem kleinen Behälter mit den restlichen Oblaten schaute, die er sich zum Andenken an seinen Riesenerfolg aufbewahrt hatte, erschrak er gleich noch einmal. Denn aus dem Behälter tropfte Blut, das Blut all der vielen Menschen, die durch seine Gier, durch seine herzlose Unmenschlichkeit zu Tode gekommen waren. Weinend

rutschte er zusammen, fiel auf den hölzernen schmutzigen Boden und rührte sich nicht mehr. Es schien, als wäre sein Schicksal damit für alle Ewigkeiten besiegelt und sein elender Tod wäre die gerechte Strafe für ein Leben in Raffsucht, Gier und Maßlosigkeit.
Ante, besser gesagt der Teufel, rieb sich die Hände, trat noch einmal gegen den leblosen Miklos, um sich zu vergewissern, dass der auch wirklich tot war und flog kreischend aus der baufälligen Holzhütte auf und davon!
Draußen hatte sich längst die dunkle Nacht über den Ort gelegt, da tauchte plötzlich ein alter Mann in einem weißen Umhang auf. Er hatte einen langen dicken Holzstock dabei, der ihm wohl als Wanderstock dienen mochte, und er trug einen langen weißen Bart. Vor der alten Hütte blieb er stehen und schaute kurz zum Himmel hinauf. Da fiel ein gleißend heller Lichtstrahl zu ihm herab, genau auf Miklos Hütte. Schließlich trat der Fremde ein und sah Miklos tot am Boden liegen. Mit seinem Holzstock berührte er ganz sacht den Leichnam und setzte sich dann auf einen der beiden kippelnden Stühle. Lange brauchte er nicht zu warten, da bewegte sich Miklos wieder. Zunächst nur ein ganz klein wenig, dann aber schon recht kraftvoll und schließ-

lich erhob er sich stöhnend vom Boden. Als er den alten Mann auf dem Stuhl sah, konnte er es zunächst nicht glauben. Denn er nahm an, Ante hätte eine weitere Gestalt angenommen, nur, um ihn zu täuschen. Der Fremde aber grinste nicht und sagte auch nichts; er saß nur einfach da und schien Tränen in seinen Augen zu haben. Da ahnte Miklos, dass es nicht der Teufel war, dass nicht Ante auf diesem Stuhle saß, sondern jemand anderes, von dem er glaubte, dass der ihn längst verlassen habe. Er ließ sich wieder auf den Boden fallen, ergriff das weiße Gewand des Fremden und küsste es, während er bitterlich weinte.

„Oh Herr", sagte er dann, „Ich weiß, ich habe dich sehr enttäuscht, ich habe alle Menschen, die mich mal kannten, auf das Bitterste enttäuscht. Ich war gierig, ich wollte nur noch Geld und habe nur noch an mich gedacht. Dabei hatte ich nicht bemerkt, wie schlecht es den Schäfchen in meiner Gemeinde ging und wie viele starben, weil sie die vergifteten Oblaten gegessen hatten. Oh Herr, bitte verzeih mir und nimm meinen Leib dafür, dass ich so maßlos und böse war. Aber bitte vergib mir diese Schuld. Ich habe einem Schwindler meine Seele verkauft und

mein Recht auf das Leben für immer verwirkt."
Der Fremde hörte sich alles geduldig an und schwieg noch immer. Er schien wohl nachzudenken und dann schaute er traurig aus dem kleinen Fenster. Von draußen fielen helle Lichtstrahlen in die Hütte und erhellten den Raum als sei es Tag. Dann schaute er zu dem demütig am Boden liegenden Miklos und sagte: „Komm, steh wieder auf, denn du bist kein schlechter Mensch. Du hast nur etwas falsch gemacht, aber der, der ohne Sünde ist, der werfe den ersten Stein!"
Miklos schaute zu dem Fremden und er fühlte plötzlich eine unerklärliche Wärme in seinem Herzen. Ihm war nicht mehr so schlecht und er fühlte sich auch nicht mehr nahe dem Tod, sondern reich an Leben und Lebendigkeit. Dennoch fühlte er sich schuldig und wieder senkte er seinen Kopf. Der Fremde strich ihm übers schüttere Haar und sprach dann leise: „Fürchte dich nicht, dem Teufel kann jeder verfallen, denn dazu ist der Mensch eben Mensch und nicht Gott. Glaube mir, du hast zwar große Schuld auf dich geladen, doch du hast sie eingesehen und bist voller ehrlicher aufrichtiger Reue. Du sollst eine zweite Chance erhalten, weil ich weiß, dass du es schaffen wirst. Wenn ich gehe,

wird es so sein, als seien die letzten drei Jahre nie gewesen. Du kannst noch einmal von vorne beginnen und die Zeit sinnvoll nutzen. Aber bedenke, dass du nur diese eine allerletzte Möglichkeit hast. Eine weitere, eine dritte Chance kann ich dir nicht geben. Nutze sie und nun sei gesegnet."
Miklos erhob sich und setzte sich an den Tisch zu dem Fremden, der ihm nun gar nicht mehr so fremd erschien. Der lächelte in wenig und doch auch sehr besorgt. Und der helle Lichtstrahl verbreitete eine unglaublich wohltuende, nie in dieser Hütte gewesene Wärme, eine Behaglichkeit, eine Sicherheit, die Miklos nie zuvor gespürt hatte. Und er nahm die Hand des Fremden und küsste sie. Der Fremde erhob sich und schlug ein Kreuz über Miklos. Schließlich verließ er die Hütte und der Lichtstrahl verschwand. Miklos, der noch immer im Banne des soeben Erlebten stand, wollte dem Fremden danken, wollte ihm noch so viel sagen und er rannte aus der Hütte. Doch als er draußen war, hatte sich die Dunkelheit der Nacht schon wieder ausgebreitet und der Fremde war nirgends mehr zu sehen. Langsam, ein wenig ängstlich auch und schluchzend ging Miklos in die Hütte zurück und setzte sich an den alten windschiefen Holztisch. Er wusste längst, wer ihn

da aufgesucht hatte und er wollte wirklich nie wieder so sündigen wie einst. Denn solch eine Schuld wog schwer und lag wie ein zentnerschwerer Felsblock auf seiner Seele. Nur die Kraft seines Glaubens und der Segen des Herrn ließen ihn das alles leichter ertragen. Hundemüde legte er sich schließlich in sein Bett und schlief sofort ein.

Am nächsten Morgen schien alles anders. Er lag im Bett, ja, aber nicht in der alten Hütte wie gestern noch! Er befand sich im Zimmer der Pension jenes kleinen Ortes, in welchem er schließlich als Pfarrer zu arbeiten begann, und der Kalender gegenüber seines Bettes zeigte ein Datum an, welches drei Jahre zurücklag. Da fielen ihm die Worte des Fremden ein und er nahm sich vor, alles besser, alles anders zu machen. Er zog sich seine Robe über und lief in den Ort, den er eigentlich schon kannte, in dem er in diesem neuen Leben aber noch vollkommen unbekannt war. Er begann noch einmal als Pfarrer und arbeitete hart, um seine Schulden abzutragen. Die Menschen achteten und schätzten ihn für seine Bodenständigkeit, für seine Ehrlichkeit und für seine einfache menschliche Art. Er half den Leuten, wo er nur konnte und war ein guter gottesfürchtiger Mensch.

Als sich eines Tages ein mysteriöser Handelsreisender bei ihm meldete, um in seiner Kirche selbstgebackene Oblaten zu verteilen, lehnte er kurzerhand ab. Denn der Händler wollte ihn gut entlohnen und ihm ewigen Reichtum sichern. Miklos aber lächelte nur mitleidig, denn er wusste längst, wer wirklich hinter diesem falschen Spiel steckte. Als der vermeintliche Händler zurück in seinen roten Wagen stieg, fiel Miklos auf, dass aus der Kiste, in welcher sich angeblich die vielen Oblaten befanden, eine rätselhafte Flüssigkeit tropfte. Als er näher kam und den abfahrenden Wagen genauer inspizierte, wusste er, dass seine Entscheidung richtig war und er sicher nie wieder fremde Oblaten entgegennehmen würde. Denn die Flüssigkeit, die da zu Boden tropfte, war nichts anderes als das eisigkalte, vergiftete Blut des Teufels, welches er ganz sicher niemals wieder berühren würde …

Die H-Bombe

Ein Radiosender war in die Luft geflogen! Es hieß, dort waren Terroristen am Werk und die hätten schließlich die Bombe gezündet. Glücklicherweise kam niemand ums Leben, doch die Gefahr war da. Und als dann auch noch die unfassbare Nachricht die Runde machte, dass eben diese Terroristen im Besitz einer Wasserstoffbombe seien, war die Panik groß!

Nicht der Radiosender schien mehr Thema und auch nicht die Tatsache, dass es Terroristen waren, nein, die H-Bombe beherrschte von nun an die Medienwelt. Leider wurde nicht richtig recherchiert und die alte Krankheit der Desinformation grassierte mal wieder gefährlich durch die Lande. Dennoch glichen die großen Städte bestens bewachten Festungen, die wirklich alle technischen und menschlichen Möglichkeiten zu nutzen im Stande waren. Tatsächlich erschien wohl niemand mehr vor den Kontrollen der Einsatzkräfte und der neu gegründeten Androiden-Streifen (Roboter-Polizei), die seit einigen Tagen die Straßen durchquerten, sicher. Gegen die Androiden gab es keinerlei Waffen. Sie steckten alles weg und es schien, als wenn sich die Terroristen angesichts der übermächtigen Kontrollen nichts mehr getrauten.

Brent wusste von alledem und wollte dem bösartigen Treiben ein Ende setzen. Er war Terroristenjäger und er glaubte sich auf der richtigen Spur. Die Androiden-Polizei lief beinahe stündlich Streife und Brent musste sich vor ihnen verbergen. Er wollte an den Stadtrand, um sich unerkannt mit einem der Terroristen, von dem er hoffte, er würde hinter alledem stecken, zu treffen. Als er in seinem Briefkasten jedoch ein mysteriöses Schreiben vorfand, in welchem angekündigt wurde, dass die H-Bombe schon in wenigen Stunden hochgehen sollte, wusste er auf einmal doch nicht mehr, an welchem Ende er suchen sollte. All seine Vermutungen, all sein Spürsinn schien falsch zu sein. Er kannte Namen, Hintermänner und Verflechtungen, doch diese Schrift, in welcher der Brief verfasst wurde – noch nie hatte er sie gesehen. Wieder war er am Anfang und er wusste einfach nicht mehr weiter. Nachdenklich saß er am Ufer der portugiesischen Atlantikküste und überlegte. Es dämmerte bereits und das Meer lag ruhig und friedlich, so, wie es immer war, vor ihm. Plötzlich und wie aus dem Dunkel der Nacht entsprungen fuhr ein greller Blitz aus den Wolken. Brent wollte schon nach Hause eilen, weil er glaubte, ein Gewitter beginnt aber es folgte kein Donner. Auch einen weiteren Blitz gab es nicht, dafür bildete sich vor ihm ein rechteckiger lichtdurchfluteter Kasten. Ängstlich und erschrocken versteckte sich der sonst so mutige Brent hinter einem Felsen. Der Lichtkasten war mannshoch und schien wie ein Korridor, ein Korridor nach irgendwohin …

Brent rieb sich die Augen, wollte all das einfach nicht glauben – vielleicht spielte ihm sein Verstand einen Streich, vielleicht war aber auch die Aufregung der letzten Tage und Stunden einfach viel zu viel?

Aus dem Lichtkasten trat ein fremder Mann in einem blauen Anzug auf den steinigen Weg. Er blickte sich nach allen Seiten um und schien sich irgendwie nicht zurechtzufinden. Brent überlegte, sollte er sich zeigen? Sollte er seine sichere Deckung verlassen, um den Fremden anzusprechen? Er musste es wagen, er wollte es so! Und so verließ er ein wenig zögerlich seine Deckung und stand Augenblicke später vor dem fremden Mann. Plötzlich verschwand das Lichtfenster und nur die blutrote Sonne versank im atemberaubend blankgeputzten Ozean.

Da standen sie nun, zwei Menschen, von denen keiner wusste, wen er gerade vor sich hatte. Brent fasste sich als erster: „Wer bist du? Woher kommst du?" stieß er hervor und wartete dann eine Weile ab. Der Fremde musterte Brent eine ebenso lange Ewigkeit bevor er endlich etwas sagte. „Ich bin Faso", antwortete er dann und Brent staunte, denn der Fremde sprach eine Sprache, die er gut kannte, deutsch! Diese Sprache hatte er viele Jahre studiert und ihm seinen Beruf als Journalist ermöglicht. „Ich komme aus Ersoy", sprach der Fremde weiter, „Es ist ein riesiges Land und wir schreiben das Jahr 3655 nach Christus." Brent blieb vor lauter Erstaunen der Mund offen stehen. Sollte das, war er da hörte, ja selbst was er sah, wirklich wahr sein? Wurde er am Ende gar ein Opfer seiner eigenen verrückten Fantasien? Der Fremde grinste ein ganz klein wenig, schien sich wohl über Brents Unsicherheit zu amüsieren. Doch dann wurde er wieder ernst und sagte: „Brauchst keine Angst zu haben. Ich bin auch ein Mensch wie du. Nur das ich eben aus einer anderen Zeit komme. Wir testen gerade die Zeitflüge und wir suchten deine Zeit ganz gezielt heraus. Ich weiß, dass du Sorgen mit einem verheerenden Sprengsatz hast. Ihr nennt ihn wohl H-Bombe. Doch du brauchst keine Angst zu haben. Die Bombe

wird sofort eliminiert. Ich weiß wo sie ist. Komm zu mir und wir gehen dorthin."
Brent konnte nicht glauben, was er da hörte. Sollte dieses Geschwätz von diesem Unbekannten wirklich echt sein? Was, wenn es ein gut ausgebildeter Terrorist war? Der vermeintliche Faso schien das zu verstehen, offenbar verständigten sich die Menschen in der Zukunft auf diesem Wege. Und er war einverstanden, wollte natürlich schnellstens zu dem Ort, wo die gefährliche H-Bombe lagerte.
Noch ein wenig zaghaft aber zielsicher trat Brent neben Faso und plötzlich verschwand die Umgebung wie in einem Meer aus Licht. Genau so schnell wie alles verschwand, erschien es auch schon wieder und die beiden Reisenden schwebten über einer kleinen Stadt. Brent erkannte den Ort sofort-es war ein kleine unbedeutende Stadt am Meer. Wie im Märchen sah sie aus und die Stille in der Wolke, die ganz und gar aus Plasma zu bestehen schien, driftete wie eine Feder über der düsteren Landschaft. „Keine Sorge", sagte Faso, „Niemand kann uns sehen. Aber wir sehen dafür alles." Langsam flogen die beiden bis zu einem flachen Gebäude am Rand der Stadt. „Hier befindet sich die Bombe." sagte Faso ruhig. Er war so ausgeglichen und

überlegt, dass Brent beinahe schon neidisch wurde. Doch dann blieb ihm erneut der Mund offen stehen. Denn aus dem Gebäude erhob sich irgendetwas. Als es in der Plasmawolke war, erschrak Brent fürchterlich. Es war die H-Bombe, die so groß wie ein Mittelklassewagen neben ihm schwebte. Die abenteuerlichsten Gedanken schwirrten ihm durch den Sinn: Was, wenn das Ding hochging? Alles wäre mit einem Blitz zu Ende! Faso hingegen betrachtete sich die Bombe sehr interessiert und meinte dann so ruhig wie eben: „Interessant, so sieht also der leibhaftige Tod aus. Warum nur habt ihr es einfach nicht geschafft, solcherlei fürchterlichen Dinge für immer zu eliminieren?"

Brent wollte etwas sagen, doch da bemerkte er, wie aus dem Haus, aus welchem die Bombe gekommen war, Dutzende Menschen strömten und wild um sich schossen. Allerdings trafen sie nichts, denn die Androiden-Polizei war schon vor ihnen dort. Die Männer, bei denen es sich um die gefährlichen Terroristen handelte, wurden festgenommen und abgeführt.

Doch da war ja noch die gefährliche H-Bombe. Würde die tatsächlich nicht hochgehen, und was, wenn sie mit einem Zeitzünder versehen war?

Aber da grinste Faso wieder so komisch und Brent wusste, dass nichts Schlimmes mehr geschehen könnte. Faso meinte, dass er nun wieder zurück musste, zurück in seine Welt, zurück ins Jahr 3655. Brent verstand das und die Plasmawolke raste zurück zu der Stelle, an welcher sich die beiden jungen Männer aus den unterschiedlichsten Welten kennengelernt hatten. Faso hatte die Bombe mit einer sonderbaren Flüssigkeit überzogen und gemeint, dass dies eine Art Konservierung sei. Doch Brent verstand auch das nicht, wollte stattdessen noch so vieles von der so weit entfernten Zeit wissen. Und Faso erzählte ihm von Überräumen im Weltall, von Raumtransporten durch Wurmlöcher und von Erkenntnissen über die Entstehung des Universums. Es war sogar gelungen, hinter den sogenannten Urknall zu schauen und die Singularität zu verstehen. Demnach war die gesamte Entstehung des Alls ein einziges Wiedergebähren und Zerfallen, und natürlich hatte alles etwas mit einem gewissen Plan zu tun, den man erst einmal begreifen musste. Aber über die Zivilisation, aus welcher er kam, sprach er nicht. Er meinte, dass es Brent wohl nicht verstehen könnte, wie die Menschen in dieser fernen Zeit lebten. Sie waren nicht mehr so, wie sie zu Brents Zeit herumliefen. Sie hatten längst ihre Körper in ewig existierende Erbinformationen getauscht und hatten ihr Denken auf eine wesentlich höhere Ebene gestellt, in welcher sie nicht mehr mit nur drei Dimensionen dachten sondern mit fünf. Brent staunte und als sie sich verabschiedeten, schien es ihm, als wenn eine Träne über seine Wange glitt. Zu gern hätte er diese fremde Gesellschaft kennengelernt, die wohl doch einen recht menschlichen Ursprung in sich trug. Und als Faso mit seiner Plasmawolke in dem Lichtfenster verschwand, war sich Brent sicher, dass sich irgendwann alles ändern würde. Nur, warum wollte Faso die H-Bombe mit sich nehmen? Seine Gesellschaft hatte doch ganz bestimmt längst Waffen, die viel intensiver als eine solche Bombe sein würde. Kannten sie überhaupt noch Waffen oder lebten sie in Frieden und ewiger Liebe? Warum also war Faso so gezielt in seine Zeit gekommen? Nur, um die Bombe an sich zu nehmen?

Als sich das Lichtfenster hinter Faso schloss, wollte Brent schon wieder nach Hause gehen, aber da stutzte er. Denn eine seltsame Schrift, die er schon einmal irgendwo gesehen hatte, flimmerte wie ein böses Omen an der Stelle, wo eben noch das Lichtfenster driftete. Brent erkannte die Schrift, es war Altdeutsch und da stand zu lesen: Danke für deine Hilfe. Jetzt haben wir endlich die Technologie einer starken Waffe, mit der wir zurückkommen werden …

Gespenstischer See

Carmen liebte die Einsamkeit. Immer, wenn es passte, floh sie aus der hektischen Stadt, um irgendwo draußen in der Natur Urlaub zu machen. Diesmal sollte es ein See im wunderschönen Mecklenburg Vorpommern sein. Malerisch lag der kleine See zwischen den Bäumen des stillen Waldes und das kleine Ferienhaus schmiegte sich idyllisch zwischen die Bäusche und Sträucher. Es regnete ein wenig, als sie den See erreichte. Doch sie verschanzte sich nicht etwa in dem kleinen Ferienhaus, nein, sie setzte sich mit ihrem Regenschirm an den Strand und genoss die Ruhe. Weil sie abschalten wollte und noch immer den Lärm der großen Stadt Berlin in ihren Ohren hatte, bemerkte sie gar nicht, dass ein dumpfes Grollen über die Wasseroberfläche kroch. Als sie es schließlich doch bemerkte, war es bereits zu spät. Schäumend und rumorend teilte sich die Wasseroberfläche vor ihr und irgendetwas wurde an Land gespült. Als Carmen genauer hinsah, traf sie beinahe der Schlag. Denn das, was da vor ihr lag, war ein toter Mensch! Allerdings war er in irgendetwas eingewickelt. Carmen war derart überrascht, dass sie sich zunächst gar nicht bewegen konnte. Wie gelähmt starrte sie auf den Toten und wusste nicht, was sie tun sollte. Schnell zog sie ihr Mobiltelefon aus der Tasche und wollte die Polizei rufen. Doch es war genau wie in einem schlechten Film: sie hatte kein Netz. Und als ob das noch nicht alles war, schäumte erneut das Wasser wild auf und umschloss sie wie ein Ring. Carmen saß wie auf einer Insel und das schäumende Wasser um sie herum schien sie nicht mehr fortlassen zu wollen. Immer näher kamen die Wogen an sie heran und schienen sie wohl schon bald gierig in sich verschlingen zu wollen. Da erblickte sie einen Baumstamm, der wehrhaft in der schäumenden See standhielt. Schnell sprang sie auf den Baumstamm zu und staunte, dass sie so flink an dem Stamm emporklettern konnte. In einer Astgabel ganz oben hielt sie inne und musste sich erst einmal verschnaufen. Unter sich sah sie das tosende Wasser und konnte gar nicht verstehen, was da vor sich ging. Vermutlich war der Mann, der tot am Ufer lag, auf die gleiche Weise ums Leben gekommen. Nur hatte er es nicht mehr geschafft, diesen Baumstamm zu erreichen, der ihm vielleicht das Leben hätte retten können. Dennoch war auch für sie die Lage sehr ernst und es sah beinahe so aus, als wenn sich schon in Kürze auch ihr Schicksal gegen sie wenden würde.

Aber da beruhigte sich der See wieder und das Wasser zog sich zurück. Es schien beinahe so, als wenn der See nur drohen wollte, nur ja nicht zu nahe an irgendetwas zu kommen. Und weil Carmen so schnell auf den Baum geklettert war, bestand keine Gefahr mehr für den See. Was jedoch konnte es in diesem See schon für ein Geheimnis geben? Carmen beschloss, der Sache auf den Grund zu gehen. Doch dazu musste sie erst einmal vom Baum herunter, und die Angst vor dem Abstieg war groß! Sollte sie es wirklich wagen? Was, wenn es gleich wieder los ging? Sie musste es tun und kletterte vorsichtig und mutig auf das steinige Ufer zurück. Der Tote war sonderbarerweise wieder weggespült worden, fast schon so, als wollte es der See nicht zulassen, dass der neue Gast Carmen gleich die Polizei holte. Dennoch konnte er die Tatsache nicht wegspülen, denn Carmen hatte den Toten nun einmal gesehen und sie würde ganz sicher schon bald die Polizei alarmieren.

Als die junge Frau in der sicheren Hütte unter den Bäumen war, schaute sie nachdenklich aus dem Fenster zum See hinüber. Noch wollte sie die Polizei nicht holen, denn es dämmerte bereits und in der Nacht wollte sie keinesfalls am Ufer des Sees verharren, um auf die Beamten zu warten.

An Schlaf war allerdings auch nicht zu denken, und so holte sie sich stattdessen einen Stuhl, um sich am Fenster zu postieren. Sie musste versuchen, wach zu bleiben, damit sie den See im Auge behalten konnte. Gegen Mitternacht vernahm sie wieder dieses rätselhafte Grollen, welches sie schon beim Eintreffen an diesem Gewässer bemerkt hatte. Es rumorte und brummte derart heftig, dass Carmen keine Schwierigkeiten hatte, wach zu bleiben. Vielleicht war es tatsächlich eine Warnung, jedenfalls traute sich die junge Frau die ganze Nacht über nicht aus der Hütte.

Die ganze Zeit über hatte sie darüber nachgedacht, ob sie überhaupt jemanden holen sollte. Und sie fand, dass sie ihre Beobachtungen nicht beweisen konnte. Denn der Tote war nicht mehr da und der See lag ruhig, als sei nie etwas gewesen. Nein, sie musste sich lediglich entscheiden, ob sie bleiben wollte oder doch wieder nach Hause fahren mochte. Sie blieb und suchte nach einer Sonnenliege. Im hinteren Teil der Hütte fand sie einen hölzernen Sonnenstuhl. Denn schleppte sie ans Ufer und legte sich in die Sonne.

Der Latte Macchiato schmeckte wunderbar und es schien, als wenn dieser neue Tag frei von allem Bösen sein würde. Bis auf die Tatsache, dass es ab und an mal leise brummte, tat sich nichts mehr. Irgendwann fand sie das Ganze auch gar nicht mehr so schlimm. Vielleicht hatte sie sich ja den Toten auch nur eingebildet oder es war ein Gag, den man sich extra für die meist einsamen Urlauber hier draußen ausgedacht hatte? Sie wusste es nicht und schob all ihre verrückten Erlebnisse kurzerhand ins Reich der Fantasie.

Als es ihr immer wärmer wurde, wollte sie doch ins Wasser, um sich ein wenig frisch zu machen. Auch war das andere Ufer ganz nah, sodass es sicherlich keine Schwierigkeiten gäbe, dorthin zu schwimmen. Vorsichtig benetzte sie ihre Zehen mit dem frischen klaren Wasser. Ach, wie herrlich das doch war, und dann dachte sie gar nicht länger nach und lief laut „JUHUU" rufend in den See hinein. Mehrmals schwamm sie die kurze Strecke hin und zurück und fühlte sich dabei immer besser. Plötzlich jedoch schien es ihr, als wenn sich die Beschaffenheit des Wassers abrupt änderte. Und ausgerechnet jetzt war sie genau in der Mitte des Sees. Als sie mit ihren Händen das Wasser untersuchte, erschrak sie fürchterlich, denn das Wasser war kein Wasser mehr sondern zähes rotes Blut! Erschrocken und ängstlich paddelte sie in der zähflüssigen Brühe bis zum Ufer zurück und lief sofort zur Hütte. Sie zitterte am ganzen Leibe und spülte das Blut mit einem Kanister Wasser von ihrer Haut. Als sie zum See zurück lief, war da wieder reines frisches Wasser, so, als sei es niemals anders gewesen. Jetzt wurde es ihr zu bunt, sie wollte nur noch weg! Hastig packte sie ihren Trolley und warf ihn in ihren Wagen. Unterdessen schäumte das Wasser des Sees wieder auf und erhob sich bedrohlich hoch in die Luft. Immer näher kam es und es rauschte dabei ganz fürchterlich. Carmen startete den Wagen, doch es war wie verhext, der Motor sprang einfach nicht an. Immer wieder versuchte sie es und endlich, als das schäumende Wasser wie eine drohende Wand hinter ihr angekommen war, heulte der Motor laut auf. Panisch gab sie dem Wagen die Sporen und schaffte es gerade noch rechtzeitig, der riesigen Wasserwand zu entfliehen. Die Hütte allerdings war nicht mehr zu retten, sie knickte zusammen als sei sie aus Streichhölzern errichtet. Das gesamte Areal verwüstete die Monsterwelle und Carmen schaffte es gerade so bis zur Straße. Dort war nichts mehr von der Wasserwand zu sehen und es wurde wieder still. Lange fuhr die junge Frau, bis sie schließlich ein Motel erreichte. Offenbar waren keine Geäste da, denn es stand lediglich ihr Fahrzeug auf dem naturbelassenen Parkplatz. Am ganzen Leibe zitternd lief sie in das Haus und setzte sich in die kleine Gaststube. Sie musste sich erst einmal einen ordentlichen Schnaps genehmigen, damit sie wieder ruhig wurde.

Nach dem dritten Schnaps spürte sie, wie die Wärme in ihre Glieder und schließlich auch in ihren Leib zurückkehrte. Die neugierige Wirtin setzte sich zu ihr und erkundigte sich, wie es ihr ging. Carmens Zunge war durch die Schnäpse ein wenig gelockert und so erzählte sie von dem sonderbaren furchterregenden See. Interessiert hörte sich die Wirtin alles an und wurde doch sehr nachdenklich dabei. Dann kratzte sie sich auf der Stirn und meinte mit recht düsterer Stimme: „Ja ich weiß, das hat schon einmal ein Urlauber berichtet, die dort Ferien machen wollte. Allerdings habe ich ihn später nie mehr gesehen. Dafür machte eine alte Geschichte die Runde. Es hieß, dass vor hundert Jahren eine junge Frau dort gelebt haben sollte. Sie konnte keine Kinder bekommen und betete jeden Abend am Ufer des Sees, doch endlich schwanger zu werden. Eines Tages badete sie in dem ruhigen Wasser des Sees und einen Tag später gebar der See ein Baby: es war ein kleiner Junge. Und man munkelt, dass der See gar kein See sei, sondern eine Gebärmutter, die in ihrer Flüssigkeit neues Leben entstehen lässt, und unter keinen Umständen und von niemandem gestört werden will."

Carmen konnte es nicht glauben, sollte das wirklich alles der Wahrheit entsprechen? Als sie in das Gesicht der Wirtin schaute, ahnte sie jedoch, wie sie das verstehen musste. Denn die Wirtin schaute gar nicht mehr so freundlich wie eben noch, sondern ziemlich ernst. Und ihre plötzlich feuerrot aufblitzenden Augen untermalten gespenstisch ein monotones Rumoren und Grollen, das Carmen schon einmal irgendwo gehört zu haben glaubte ...

Höret all ihr Leute, hört
Ihr seid nicht mehr unbeschwert
Denn der Teufel ist im Ort
Bringt die Pest ganz ohne Wort
Macht nicht halt und auch nicht kehrt
Nie mehr seid ihr unbeschwert

Pestbeulen

Der Gerichtsmediziner Clark war eine recht zwielichtige Person. Einerseits arbeitete er schnell und äußerst effizient, andererseits munkelte man, er würde des Nachts durch die Straßen ziehen und nach den Toten suchen, weil ihm der Job nicht mehr ausreiche. Wie sich herausstellte, hatte Clark auch wirklich eine Vorliebe für den Tod und für unlösbare Verbrechen. Aber erklärte sich das nicht schon durch seinen Job; war es nicht vollkommen klar, dass er sich in dieser spannenden Tätigkeit sehr wohlfühlte, weil er es nun einmal so wollte? In der Stadt allerdings geschah schon lange nichts Aufregendes mehr und so musste sich der Gerichtsmediziner mit den alltäglichen, zugegebenermaßen recht langweiligen Fällen herumschlagen und den abendlichen Mond anflehen, dass doch noch was passierte. Das

jedoch schien sich schon sehr bald ins Gegenteil umkehren.
Es war eine sehr laute Nacht. Dumpf grollte der Donner und kündete gespenstisch von unheimlichen Vorgängen, wie auch die grellen Blitze, die wie rote Pfeile gefährlich aus den tiefschwarzen Wolken zur Erde hinunter schossen. Eine alte Frau lief humpelnd durch die Straßen und blieb immer wieder stehen, um zu verschnaufen. Offenbar war ihr der Weg zu anstrengend, doch sie wollte nicht lange so stehenbleiben. Sie wollte weiterkommen und wollte beizeiten zu Hause sein. Plötzlich jedoch huschte ein dunkler Schatten unter einer Straßenlaterne hindurch und die Alte blieb erschrocken stehen! Was war das – hatte sie sich etwa nur geirrt oder war da wirklich jemand langgehuscht? Und sah die Gestalt nicht aus wie der Leibhaftige? Schwarze Kutte, die Kapuze tief ins Gesicht gezogen, eine Sense in der Hand, war es wirklich eine Sense? Wenn es so war, wie konnte so etwas möglich sein? Andererseits regnete es in Strömen und da schien es nur natürlich und vollkommen normal, dass die Leute Anoraks mit Kapuze anzogen. Doch irgendwie schien ihr die Sache nicht geheuer und sie lief eilig weiter. Plötzlich blieb sie erneut stehen, weil sie nicht weit vor sich

etwas Sonderbares bemerkte; was lag da unter der Laterne? Sollte sie hingehen, um nachzuschauen? Hatte vielleicht doch diese merkwürdige schwarze Gestalt, von der sie noch immer annahm, dass es der Teufel war, etwas damit zu tun? Vorsichtig näherte sie sich diesem „Ding" und erstarrte schließlich vor Schreck, denn das da vor ihr war ein Mensch! Es war ein Toter, in dessen Leib eine lange Lanze steckte. Die Alte konnte nicht einmal schreien, so gelähmt war sie. Doch dann vergaß sie all ihre Behinderungen und stolperte so schnell sie nur konnte zur Polizeiwache. Die war glücklicherweise nicht weit, befand sich in einer Seitenstraße und die beiden Beamten, die in dieser Nacht Dienst schieben mussten, schienen nicht gerade allerbester Laune zu sein. Als sie allerdings die zitternde alte Frau am Tresen sahen, halfen sie ihr sofort, boten ihr einen Stuhl an und gaben ihr etwas zu trinken. Erstaunlich schnell erholte sich die Alte wieder und begann schließlich zu erzählen. Sie fiel wirklich vom Hundertsten ins Tausendste und erzählte und erzählte …

Die beiden Beamten schauten sich augenrollend an und wussten nach zehn Minuten noch immer nicht, wo sich der Tote nun befand. Die Alte wollte es den beiden zeigen und bat sie, einfach mitzufahren, wenn sie die Person suchten. Natürlich sahen das die beiden Beamten nicht so gerne, doch sie erfüllten ihr den verwegenen Wunsch. Zunächst fuhren sie in die falsche Richtung, denn die ein wenig durcheinander wirkende Dame hatte die Straße verwechselt, in welcher sie den Toten fand. Dann aber waren sie richtig und die Beamten sicherten die Fundstelle. Immerhin war es ein Tatort und es handelte sich offensichtlich um einen Mord. Als die alte Dame nach Hause gefahren wurde, berichtete sie unterwegs von ihrer Beobachtung mit der schwarzen Gestalt. Sie war sich auf einmal ganz sicher, dem Leibhaftigen begegnet zu sein und war auch nicht mehr abzubringen von dieser Behauptung. Der Polizeibeamte war heilfroh, als er die Alte endlich vor ihrem Haus absetzen konnte. Lange winkte sie dem Polizisten nach und der fuhr schnurstracks in die Wache zurück. Das Polizeiaufgebot war riesig, und die Nacht wurde taghell durch die vielen Scheinwerfer, welche am Tatort aufgestellt wurden. Natürlich kam auch Clark, der Gerichtsmediziner. Als er sich die Leiche genau angeschaut hatte, wurde er sehr ernst und starrte immerfort auf das Gesicht des Toten. „Seht mal!", sagte er dann, „Das sind

Beulen!" Die Kriminalbeamten beugten sich zu dem Toten herab und sahen es nun ebenfalls. Sein fahles Gesicht war über und über mit Beulen übersäht. Doch das war noch lange nicht alles. Clark wollte es nicht so laut sagen, aber bei den Beulen handelte es sich mit ziemlicher Sicherheit um Pestbeulen!
Die Kriminalisten standen wie versteinert auf der Straße und sprachen kein einziges Wort. Die Pest? Wie kam diese fürchterliche Seuche nur in diese Stadt? Keine Frage, schnellstens musste herausgefunden werden, wer diese Krankheit übertragen hatte, wer sie in sich trug und eventuell weitergeben könnte. Sollte man eine Gefahrenstufe ausrufen? Unterdessen hatte sich die alte Dame zu Bett begeben. Hundemüde lag sie in ihrem weichen Federbett und wollte nach dem ereignisreichen Tag endlich einschlafen, da vernahm sie plötzlich eine seltsame Mädchenstimme, die sich anhörte, als sei sie nicht von dieser Welt:

Höret all ihr Leute, hört
Ihr seid nicht mehr unbeschwert
Denn der Teufel ist im Ort
Bringt die Pest ganz ohne Wort
Macht nicht halt und auch nicht kehrt
Nie mehr seid ihr unbeschwert

Zu Tode erschrocken zog sich die Alte die Bettdecke über die Ohren, doch es nutzte nichts, immer wieder hörte sie diesen unheimlichen Singsang. Schließlich griff sie zum Telefon und wollte die Polizei anrufen, doch da erschien eine schwarze Silhouette an der Gardine ihres offen stehende Fensters und eine Person mit einer langen Sense in der Hand schien davor zu stehen. Die Alte traf beinahe der Schlag, denn nicht allein die Tatsache, dass sich da eine gespenstische Person am Fenster aufhielt, hatte sie zu Tode erschreckt, vielmehr war es die Tatsache, dass sie im dritten Stock lebte und sich auch kein Gerüst an der Fassade befand …

Längst hatte der Gerichtsmediziner Clark mit seiner schwierigen Arbeit begonnen und die Leiche des mit der Lanze erstochenen Mannes vor sich auf dem Seziertisch liegen. Zwar hatte er die rostige alte Lanze, die sich durch den Leib des Toten gebohrt hatte, inspiziert, aber rätselhafter Weise war sie nicht ursächlich für dessen Tod. Vielmehr war es die Pest, die ihn schon viel eher befallen hatte, als der Mordanschlag geschah, die ihn auch schon vor Tagen hatte sterben lassen. Nur, wer hatte den Mann angesteckt, wer hatte ihn infiziert? Clark erinnerte sich an die alte Dame. Er wollte sie noch einmal aufsuchen, um sie zu dem mysteriösen Fall zu befragen. Am Nachmittag des folgenden Tages suchte er sie auf. Weil sie nicht öffnete und auch ihr Nachbar, ein netter älterer Herr, nicht gesehen hatte, dass sie aus dem Hause ging, brach Clark die Türe auf. Er fand die Alte leblos in ihrem Bett. Sie röchelte nur noch und hatte ebenfalls dicke Beulen im Gesicht und an den Armen. Es bestand auch hier keinerlei Zweifel – auch die alte Dame war mit der Pest infiziert! Nur stand die Frage: Hatte sie sich bereits gestern infiziert, als sie den Toten entdeckte oder war jemand bei ihr, der sie ansteckte? Clark wusste nicht so recht, was er tun sollte, denn in der Stadt wurde der Ausnahmezustand verhängt. Niemand durfte mehr außer Haus und alle seltsam anmutenden Beobachtungen mussten umgehend bei der Polizei gemeldet werden. Nun schlug die Stunde der Trittbrettfahrer, all jener Leute, die sich bisher viel zu unbemerkt gefühlt hatten und nun endlich ihre große Chance witterten, bekannt zu werden. Clark und auch die Kriminalbeamten wussten jedoch damit umzugehen, wenngleich ihre ohnehin sehr schwierige Arbeit damit noch erheblich erschwert wurde. Glücklicherweise konnte die alte Dame gerettet werden, aber es konnte einfach nicht

herausgefunden werden, woher der Pesterreger stammte. Und was war mit dieser mysteriösen schwarzen Gestalt, welche die Alte gesehen haben wollte? Alles nur Einbildung oder doch real?
Plötzlich vernahm er die Stimme eines Mädchens, und die hörte sich grauenhaft verzerrt an:

Höret all ihr Leute, hört
Ihr seid nicht mehr unbeschwert
Denn der Teufel ist im Ort
Bringt die Pest ganz ohne Wort
Macht nicht halt und auch nicht kehrt
Nie mehr seid ihr unbeschwert

Eigentlich wollte er sich schon erschrecken, doch er glaubte nicht an irgendeinen überirdischen Zauber, egal, wo auch immer er herkommen mochte. Vielmehr glaubte er noch fester daran, dass sich hinter all dem üblen Spuk ein recht irdischer Mensch verbarg. Vielleicht war es ja eine Person, die stets Ablehnungen im Leben erfahren hatte und sich auf diese perfide Art und Weise an den Menschen und der ganzen Welt rächen wollte? Nur, wer konnte das sein? Und wer konnte überhaupt an derlei Erreger ran? Machte sich diese unbekannte Person überhaupt klar, dass aus diesem Blödsinn eine weltweite Pandemie entstehen könnte, die letztlich auch dessen Leben auszulöschen vermochte? Da fiel ihm ein, dass er vor einiger Zeit einen Assistenten hatte, der gerade sein Studium abgeschlossen hatte und nirgends mehr einen Job bekam. Der junge Mann schien schon damals nicht sehr gelehrig und sein Wissen erschien Clark auch nicht gerade überragend. Schließlich wurde er entlassen, weil er die Leistungen nicht mehr brachte und seine Spur verlor sich schon nach kurzer Zeit. Nicht einmal das Zeugnis seines Praktikums ließ sich mehr zustellen. Eine kleine Spur aber war es jedenfalls schon mal.

Die Kriminalbeamten spürten den vermeintlichen Assistenten in Frankreich auf und so konnte er ins Polizeipräsidium verbracht werden.

Tony, der junge ehemalige Medizinstudent, hatte seine Chance vergeigt und war nachdem er sämtliche Praktika geschmissen hatte, ins Ausland geflohen. Doch schon damals schwor er sich Rache und nach endlosen Verhören und Befragungen gab er es endlich zu. Er hatte eine Probe mit den Pesterregern aus Clarks gut gesichertem Labor gestohlen. Kurz bevor er entlassen wurde, hatte er sich den Schlüssel für dieses Labor selbst nachge-

feilt und schon in dieser Zeit jenen unfassbaren Plan geschmiedet. Endlich war es gelungen, den Täter festzusetzen und ihn seiner gerechten Strafe zuzuführen.
Der Fall schien gelöst und der Ausnahmezustand konnte aufgehoben werden. Clark war froh, das alles ein solch gutes Ende genommen hatte, wenngleich er die Toten bedauerte, konnte er das Ganze doch nicht mehr rückgängig machen. Ihn traf jedoch keine Schuld und der Fall wurde zu den Akten gelegt.
Es vergingen drei Wochen und ein neuer Praktikant wurde in der gerichtsmedizinischen Abteilung des Krankenhauses eingestellt. Genauer gesagt war es eine Praktikantin und die zeigte sich wirklich sehr interessiert. Sie war wissbegierig und äußerst fleißig, und sie schien wirklich eine ausgezeichnete Medizinerin zu werden. Clark hatte sich bereits vorgenommen, die junge Frau ins Team aufzunehmen, da gab es einen herben Rückschlag. Die junge Dame erschien einfach nicht mehr zum Dienst. Niemand konnte sich das plötzliche Fernbleiben der sonst so korrekt erscheinenden Assistentin erklären und so fuhr Clark los, um sie aufzusuchen. Sie lebte allein in einem kleinen Haus etwas abseits am Rande eines Waldes. Es

war schon dunkel, als Clark vor dem alten Gemäuer eintraf. Ein Käuzchen rief und der Wind verfing sich raschelnd im Geäst der Bäume. Im Haus brannte kein Licht und Clark musste mehrmals schellen, denn eine Klingel gab es nicht. Im Haus allerdings rührte sich nichts und es sah so aus, als wenn die junge Frau gar nicht zu Hause war. Weil Clark das alles sehr sonderbar vorkam, lief er kurzerhand um das Gebäude herum. Hinter dem Haus war eine große Wiese, die schließlich in den dichten Wald mündete. Plötzlich raschelte es und eine schwarze Gestalt, die eine Sense in den Händen zu halten schien, schwebte wie ein böser Geist zwischen den Bäumen. Zwar konnte Clark nicht genau erkennen, wie die Gestalt wirklich aussah, aber die beiden stechendroten Lichter an der Stelle, wo sonst die Augen waren, fielen ihm sofort auf. Eine Gänsehaut lief kribbelnd über seinen Rücken und ihm wurde kalt, sehr kalt. Dann begann es auch noch zu regnen und Clark erinnerte sich an die Alte, die damals auch schon eine solche schauerliche Erscheinung hatte. Damals wollte ihr niemand glauben und nun stand er selbst vor diesem sonderbaren, schier unglaublichen Mysterium. Was sollte er nur tun, sollte er vielleicht die Kriminalbeamten anrufen?

Aber bis die hier einträfen, könnte sonst was geschehen. Nein, er konnte nur eines tun: abwarten! Die schwarze Gestalt erhob sich auf einmal hoch in die Luft und begann dabei am ganzen Leib rot aufzuleuchten. Clark erschrak fürchterlich und er spürte, wie sein Herz in der Brust wild zu schlagen begann. Sein Atem reichte nicht mehr aus und er wusste, dass er sich dringend beruhigen musste. Wenigstens er sollte einen kühlen Kopf behalten und so wurde er langsam wieder ruhig. Die Panik wich und rasch verbarg er sich hinter einem Busch. Unterdessen hatte sich ein züngelnder Feuerring um die Gestalt gebildet, alles an ihr loderte grell und puterrot auf! Und plötzlich erkannte Clark das Gesicht der Gestalt und erschrak! Denn das gespenstische Wesen, das da vor ihm schwebte und in dessen weißes fahles Gesicht er wie gebannt starrte, war niemand anderes als seine Assistentin! Ihr Gesicht war mit Beulen übersäht, und sie schien die Pest in sich zu tragen! Doch sie schwebte sehr lebendig über der Wiese und gar nicht krank oder dem Tode nah! Unter ihrer schwarzen Kapuze erhoben sich zwei Höcker. Als der Wind die Kapuze nach hinten schob, gab er den Blick auf zwei spitze Hörner frei. Clark wusste nun, dass der Teufel höchstpersönlich wie ein böser Geist über der Wiese schwebte und er wollte nur noch eines – weg von hier! In gebückter Haltung und am ganzen Leibe zitternd schlich er sich zu seinem Wagen zurück, stieg ein und gab Gas! Mit quietschenden Reifen raste er davon, nur fort von diesem unheimlichen verwunschenen Ort, zurück in die Stadt, wo er seine Assistentin als vermisst melden wollte. Unterwegs jedoch vernahm er eine bebende unheimliche Mädchenstimme. Er erkannte sie sofort: Es war seine teuflische Assistentin, die in einem fort sang:

Höret all ihr Leute, hört
Ihr seid nicht mehr unbeschwert
Denn der Teufel ist im Ort
Bringt die Pest ganz ohne Wort
Macht nicht halt und auch nicht kehrt
Nie mehr seid ihr unbeschwert

Ende der Welt

Ich lag auf meinem Sofa und hatte den Laptop vor mir. Stundenlang blätterte ich in einer Online-Bibliothek. Ein dramatischer Tunneleinsturz, ein seltsamer Erdrutsch, eine entsetzliche Zugkatastrophe ... ich konnte mir das alles nicht erklären. Sollten wirklich all diese Unglücke durch menschliches Versagen oder andere erklärbare Naturerscheinungen erklärbar sein? Dann diese unerklärlichen Beben, die es immer wieder in bestimmten Gegenden gab. Sollten sie wirklich auf Wetterschläge oder dortige Bergbautätigkeiten zurückzuführen sein? Schließlich schaute ich mir eine wissenschaftliche Reportage im Fernsehen an. Paläontologie, Geologie, Weltraumforschung - was hatte das alles zu bedeuten? Wussten manche Wissenschaftler bereits Dinge, die uns allen noch verborgen blieben? Für mich stand fest, dass es einen Zusammenhang zwischen diesen Phänomenen und irgendetwas anderem gab. Und wenn es nicht so wäre, warum wurden dann in der letzten Zeit so viele Reportagen über all diese Themen gebracht? Ich beschloss, mich mit einem Wissenschaftler zu treffen. Hundemüde schloss ich meine Augen und schlief ein. Professor Schrader war einer der besten Geologen, über den ich schon einige interessante Abhandlungen im Internet gelesen hatte. Ich wollte mit ihm über all diese Dinge sprechen. Allerdings würde es wohl sehr schwer werden, einen Termin bei diesem vielbeschäftigten Mann zu bekommen. Also musste ich mir etwas einfallen lassen und hatte eine Idee. Ich gab vor, einen Artikel für eine namhafte Zeitung über Natur und Tiere zu schreiben. Es funktionierte und Professor Schrader erklärte sich bereit, mit mir zu sprechen. Er wunderte sich, dass ich ausgerechnet mit einem Vertreter seines Fachgebietes reden wollte. Doch er war ein älterer geduldiger Mann, dem es sichtlich Spaß bereitete, einen Jüngeren aufzuklären. Wir trafen uns in einem Straßencafé. Zunächst begann ich meine Fragestunde mit einfachen Fragen, die selbst ein Kind hätte beantworten können. Doch dann tastete ich mich weiter voran. Ich erwähnte diverse Naturkatastrophen und fragte ihn, was all das zu bedeuten hatte. Der Professor schaute mich sehr nachdenklich an. Schien er etwas bemerkt zu haben? Ich konnte mir sein plötzliches Schweigen nicht erklären. Er schaute sich nach allen Seiten um und meinte dann, dass er mit mir woanders hingehen wollte. Ich war einverstanden, verstand aber seine

Reaktion nicht. Was war so schlimm an meiner einfachen Frage? Sie hatte doch noch gar nichts mit irgendwelchen Problemen zu tun. Oder doch? Wir gingen in einen kleinen Privatclub. Der Professor hatte eine Clubkarte und konnte mich als seinen Gast mitnehmen. Wir setzten uns in eine dunkle verschwiegene Ecke und plauderten weiter. Schrader fragte mich, ob ich von jemandem beauftragt wurde, solche Fragen zu stellen. Ich versicherte ihm, dass mich keiner beauftragt hatte und ich ihn aus freien Stücken und aus purem Interesse an den Dingen fragte. Plötzlich spürte ich, dass er sich auch in diesem Club nicht mehr allzu wohl fühlte. Er schlug mir einen Treffpunkt bei einer Müllhalde vor. Er meinte, dort könnte er freier sprechen als in diesem Club. Schon am nächsten Tag sollte es sein. Schnell verabschiedete er sich und verschwand. Am nächsten Tag stand ich zum vereinbarten Termin an besagter Müllhalde. Ich kannte solche Treffpunkte aus meiner Zeit als Journalist. Es dauerte lange, bis der Professor endlich erschien. Seinen Wagen parkte er hinter dichten Büschen eines angrenzenden Waldstückes. Schließlich liefen wir beide über die Wiese rund um die Halde und ich stellte dem Professor eine Frage nach anderen. Ich hatte den Eindruck,

als sei er gelöster und aufgeschlossener als noch am Vortage. Er sprach von einem mysteriösen Gutachten, welches kürzlich bei ihm in Auftrag gegeben wurde. Wer es in Auftrag gab, wollte er mir nicht sagen. Demnach wären die von mir genannten Katastrophen keinesfalls reine Zufälle oder gar auf menschliches Versagen zurück zu führen. Die Untersuchungen ergaben, so der Professor, dass sich diese Vorfälle sogar noch verschlimmern würden. Er sprach vom Anheben des Meeresspiegels, von Überflutungen, von Katastrophen ungeahnten Ausmaßes. Außerdem sprach er von einem Urkrater und von diversen Supervulkanen. Ob diese Supervulkane in den nächsten Jahren ausbrechen würden, wusste er nicht. In jedem Falle hörte ich am Schluss seiner grausigen Ausführungen nur noch den Satz: „Es ist das Ende der Welt, so wie wir sie kennen!"
Schockiert schaute ich in das Gesicht des Professors. Ich konnte nicht glauben, was er mir da gerade erzählte. Ich wollte wissen, ob die Erde diese Katastrophe überstehen könnte. Der Professor holte tief Luft.
„Ich weiß es nicht", sagte er dann mit düsterem Gesichtsausdruck, „Es gibt nämlich viele solcher Supervulkane. Ob sie zugleich ausbrechen oder erst in Millionen von Jahren,

weiß ich nicht. Brechen sie aus, wäre das vermutlich …" Der Professor schaute mich vielsagend an und ich ahnte, was er damit meinte. Fassungslos starrte ich den Professor an, schaute auf die Landschaft um mich herum und schüttelte ungläubig meinen Kopf. In diesem Moment verfluchte ich meinen Wunsch, mit dem Professor je gesprochen zu haben. Andererseits wollte ich es so. Plötzlich druckste der Professor unsicher herum, war da etwa noch etwas? Ich erkundigte mich danach. „Ja, es gibt da noch etwas", meinte er schluchzend, „Die Katastrophen brechen nicht zufällig über uns herein."
Ich setzte mich auf einen Baumstumpf und fragte interessiert, was er damit meinte. Schrader antwortete, dass weit draußen im Universum ein unvorstellbar riesiges Raumschiff entdeckt worden sei. Es bestehe aus einer unbekannten gasförmigen Materie und hatte vor einigen Jahren Funkkontakt mit uns aufgenommen. Diese Wesen waren auf der Suche nach einer neuen Welt. Ihre eigene sei durch eine Supernova ihrer Sonne vollkommen zerstört worden. Sie fanden die Erde und diese war ihrem eigenen Heimatplaneten sehr ähnlich. Nur ihre Atmosphäre war stark schwefelhaltig. Da sie auf der Erde in Zukunft leben wollten, begannen sie nun,

die alten Supervulkane von ihrem Raumschiff aus zu aktivieren. Innerhalb der folgenden dreißig Jahre würden sie die Erde umwandeln. Kein Mensch könnte dann mehr dort leben. Ich wusste nicht mehr, ob ich dem Professor weiter zu hören wollte. Zu entsetzlich und zu fürchterlich erschienen mir seinen Ausführungen. Sollte ich ihm all das wirklich glauben? Was sollte aus uns Menschen dann werden? Der Professor aber sagte, dass es ein geheimes Abkommen zwischen den Außerirdischen und einigen Wissenschaftlern gäbe. Die Erdbevölkerung sollte zunächst auf dem kleineren Mars angesiedelt werden. Denn die Außerirdischen seien zahlenmäßig der Erdbevölkerung weit überlegen. Der Mars würde nach einem sogenannten „Terraforming"-Verfahren mehrere Städte bekommen und die Erdbevölkerung könnte dann dorthin umgesiedelt werden. Der Professor wollte weiter erzählen, doch ich konnte mir das alles nicht mehr länger anhören. Solch einen Unsinn hatte mir wirklich noch keiner weismachen wollen. Aber war das wirklich nur Unsinn? Ich jedenfalls glaubte dem Professor kein einziges Wort. Irritiert und mit einem seltsamen Gefühl im Magen beendete ich mein Interview. Der Professor verlangte strengste Verschwiegenheit von mir als wir uns verabschiedeten. Auf dem Heimweg gingen mir die wildesten Gedanken durch den Kopf. Sollten tatsächlich die meisten der Katastrophen auf der Erde auf die beginnende Umwandlung der Erde zurück zu führen sein? Wäre das unser ganz persönliches Ende der Welt? Nie wieder im Ozean baden und nie mehr durch die Wälder streifen? Nein, ich konnte es mir einfach nicht vorstellen. So etwas durfte niemals geschehen. Schweißgebadet öffnete ich meine Augen - wo war ich? Wo blieb der Professor? Ich lag auf der Liege vorm Fenster meiner Wohnung. Erleichtert stellte ich fest, dass ich alles nur geträumt hatte. Lächelnd stand ich auf und öffnete das Fenster. Da zog mir ein seltsamer, kaum wahrnehmbarer Geruch in die Nase. Und im Radio sprach irgendjemand von einer Aschewolke irgendeines fernen Vulkans, die angeblich den Flugverkehr behinderte ...

Tödliche Auszeichnung

Harold Smith war ein geldgieriger, bösartiger Mann, der nur an seinen eigenen Vorteil dachte. Er besaß zwei Chemiefabriken und verdiente Millionen. Doch auch in seinem Privatleben lief es nur, weil er den Ton angab. Seine Frau und sein Sohn hatten nichts zu melden. Alle litten unter Harolds Herrschaft. An seinem fünfzigsten Geburtstag sollte er schließlich ausgezeichnet werden. Man schlug ihn für die Medaille für Menschlichkeit und die Ehrennadel für besondere Verdienste in der Wirtschaft vor. Doch einige Wochen zuvor sollte ein windiger Journalist Harolds Treiben beinahe ein Ende setzen. Täglich fiel in den Fabriken eine Menge Abfall an. Doch dieser Abfall war hochgiftig, es war Giftmüll! So hätte er eigentlich ein besonderes Augenmerk auf die Sicherheit in seinen Firmen legen müssen. Und er hätte den Giftmüll auf speziellen Deponien entsorgen lassen müssen. Doch an dieser Stelle sparte er. Auch seine Arbeiter erhielten keinerlei Schutzkleidung. Und so kam es, wie es kommen musste: ein Arbeiter starb an den giftigen Abfällen in der Firma! Beim unsachgemäßen Verpacken des Mülls atmete er große Mengen giftigen Staubes ein und erstickte qualvoll daran. Harold allerdings weigerte sich, der Familie eine Abfindung zu zahlen, was den Journalisten schließlich dazu brachte, alles zu veröffentlichen. Aber Harold wäre nicht Harold, wenn ihm da nicht etwas besonders Gemeines einfiele. Er kannte den Chef des Journalisten. Mit ihm verbrachte er so manch heiße Nacht in diversen Rotlichtclubs. Und Harold hatte noch „Einen" gut bei diesem Chef. So wurde der Journalist gefeuert. Die Schweinerei wurde unter den Teppich gekehrt und alles blieb beim Alten. Unterdessen rückte der Tag der Auszeichnung immer näher. Harold freute sich schon und probierte bereits Dutzende Anzüge an, denn er wollte der Schönste sein an diesem Tage. Endlich war es soweit und Harold ließ sich mit einer riesigen schwarzen Limousine zum stadtbekannten „Privatclub der Millionäre" chauffieren. Doch auch ein Transporter mit giftigem Müll aus Harolds Fabrik wurde auf den Weg gebracht. Davon jedoch wurde während des rauschenden Festes natürlich kein Wort gesprochen. Die Feier im Club begann und alle, die etwas zu sagen hatten, aber auch diejenigen, die gern etwas zu sägen hätten, waren anwesend. Es gab Kaviar und Schampus. Harold rief noch schnell bei seinem Spediteur an, ob mit dem giftigen Transport auch alles glatt gegangen sei. Der gab Entwarnung und Harold saß siegessicher und mit geschwellter Brust auf seinem Platz. Nachdem viel Schmalz gefaselt wurde, Pöstchen gesichert waren und man sich gegenseitig beweihräuchert hatte, wurde Harold endlich auf die Bühne gebeten. Der Moderator mühte sich redlich, Harolds zweifelhaftes Schaffen schön zu reden. Er sprach davon, dass Harold ein besonders engagierter Geschäftsmann sei und verkündete, dass er demnächst sogar notleidenden Kindern helfen wollte. Dass er sich allerdings sämtliche Spenden mit überteuerten Preisen und Abschreibungen in dreifacher Höhe zurückholte, wurde totgeschwiegen. Harold hatte ein rosiges Gesicht, als ihm die beiden Medaillen angeheftet wurden. Schließlich erhielt er noch zwei Urkunden, in welchen man sich für seine Aufopferungsbereitschaft und die vielen Arbeitsplätze bedankte. Er nahm sie entgegen und küsste sie mehrmals. Das sollte wohl zeigen, wie er sich freute, sie erhalten zu haben. Stolz stellte er sich ans Mikrofon und sprach noch einige scheinheilige Worte des Dankes zu den Leuten. Er meinte, dass er sich immer mühte, das Allerbeste zu geben und den Menschen wirklich immer nur geholfen habe - er sprach von Liebe und Menschlichkeit. Doch was war das? Beinahe schien es so, als wäre ihm alles ein bisschen zu viel geworden, denn dicke Schweißperlen glänzten auf seiner Stirn. Er schwankte vor dem Mikrofon hin und her und griff sich dabei immer wieder an seinen Hals. Und es war kaum zu glauben, aber bei dem Wort „Menschlichkeit" sank er schließlich zusammen. Er stürzte der Länge nach auf die Bretter, die sonst eigentlich die Welt bedeuten sollten und rührte sich nicht mehr. Der sofort herbeigeeilte Notarzt konnte nur noch seinen Tod feststellen. Bei der späteren Obduktion fand man heraus, dass Harold an einer schweren Vergiftung starb. Die Ermittlungen ergaben schließlich, dass mit dem Giftmülltransport am Tag der Auszeichnung auch seine Ehrennadeln und die Urkunden transportiert wurden. Um Geld zu sparen, hatte Harold kurzerhand den Extratransport gestrichen. So wurden seine Urkunden und Ehrennadeln zusammen mit den giftigen Abfällen verpackt. Eines der Behältnisse musste wohl bei der holprigen Fahrt ein Leck bekommen haben oder es war schlichtweg zu miese Qualität, sodass sich der hochgiftige Staub über die Auszeichnungen verteilte. Als Harold die Auszeichnungen erhielt, gingen bereits geringe Spuren des Giftes auf ihn über. Das allein genügte jedoch nicht, um ihm die tödliche Dosis zu verabreichen. Als er aber die Urkunden küsste, nahm er die Gifte unfreiwillig und direkt in größerer Menge auf. Das Gift wirkte sofort und Harold wurde ein Opfer seiner eigenen Schandtaten! Natürlich wollten die Gerichtsmediziner wissen, wer den Giftmülltransporter beladen hatte. Man kontrollierte die Ladungspapiere und entdeckte eine Unterschrift darunter. Es war die des Arbeiters, der vor einigen Wochen beim Einatmen des tödlichen Staubes gestorben war ...

Poltergeist

Vor drei Jahren suchte ich eine neue Wohnung. Ich fand sie in einem alten Hause am Rande der Stadt. Nach kurzem Überlegen zog ich dort ein und freute mich bereits darauf, meine neuen Nachbarn kennen zu lernen. Besonders die ältere Dame, welche über mir lebte, fand ich sehr nett. Wir verstanden uns sofort und trafen uns immer, wenn es möglich war. Dennoch hatte ich immer das seltsame Gefühl, dass irgendetwas mit dieser Dame nicht stimmte. Manchmal schien sie mir kühl und unnahbar. Auch ihre Wohnungseinrichtung erschien mir recht spärlich. Außer zwei Schränken, einem Bett und einer winzigen Küche besaß sie nichts. Nicht einmal einen Fernseher hatte sie. Ich fragte sie, warum sie so wenig in ihre Wohnung stellte. Doch sie reagierte mit Schweigen und ich fragte auch nicht weiter. Die Tage vergingen und immer seltener trafen wir uns. Dafür wurde es in den Nachtstunden immer häufiger sehr laut. Wenn ich dann nach oben ging, um nachzufragen, öffnete mir keiner. Ich konnte das nicht verstehen, fragte sie am Tag darauf, was passiert sei, ob sie vielleicht meine Hilfe brauchte. Doch sie schwieg und zog sich schnell wieder in ihre

Wohnung zurück. Eines Nachts wollte ich es deswegen genau wissen. Ich blieb bis Mitternacht wach, wurde dann allerdings so müde, dass ich einschlief. Gegen Zwei Uhr wurde ich von einem dumpfen Gepolter über meiner Wohnung geweckt. Eigentlich war mir nicht so recht wohl bei dem Gedanken, nach oben zu gehen. Doch ich wollte zuerst hören, was dort vor sich ging. Vorsichtig schlich ich mich durch das dunkle Treppenhaus nach oben bis vor ihre Wohnungstür. Dort war das Gerumpel sehr deutlich zu hören. Ich versuchte, Stimmen oder vielleicht sogar ein Gespräch aufzuschnappen. Doch außer dem Gerumpel konnte ich nichts hören. Ich wusste nicht so recht, was ich nun tun sollte. Da ich mir wirklich nicht sicher war, wartete ich eine ganze Weile ab. Plötzlich verstummte das Poltern und jemand klapperte an der Tür. Schnell lief ich die Treppe nach unten und lauerte auf die vermeintliche Person, die eventuell gerade die Wohnung verließ. Ich sah, wie sich die Tür einen winzigen Spalt öffnete. Schließlich fiel sie klackend wieder zu und Schritte näherten sich. In Windeseile lief ich in meine Wohnung und beobachtete das Treppenhaus durch meinen Spion. Die Person hatte das

Hauslicht eingeschaltet, doch ich konnte sie nicht sehen, zumindest glaubte ich das.
Denn die Schritte hörte ich ganz deutlich. Sie kamen an meiner Wohnungstür vorbei und entfernten sich schnell in Richtung Ausgang. Ich konnte mir keinen Reim auf dieses merkwürdige Treiben machen. Entweder war ich schon so müde, dass ich Gespenster hörte oder dieser Jemand war so schnell an meiner Tür vorbei gerannt, dass ich ihn nicht sehen konnte. Als das Hauslicht verloschen war und Ruhe im Hause eintrat, ging ich erneut zur Wohnung der alten Dame. Doch diesmal war es totenstill. Keine Geräusche, kein Gepolter, nichts. Nachdenklich lehnte ich mich gegen die Wand und wartete noch einmal. Aber es tat sich nichts mehr. Die Neugierde brachte mich fast um und ich klingelte. Ich wollte fragen, ob sie vielleicht Hilfe brauchte. Doch es war so wie in den vorangegangen Nächten, es öffnete niemand. Noch einmal versuchte ich mein Glück, allerdings ohne Erfolg. Ich ging zurück in meine Wohnung und horchte von dort noch eine Weile. Aber auch da konnte ich nichts mehr hören, es blieb ruhig.
Am nächsten Morgen nahm ich mir vor, so lange zu warten, bis die alte Dame die Treppen hinunter kam. Ich wollte sie abfangen

und sie nach dem Gepolter in den vorangegangenen Nächten befragen. Aber sie kam nicht. Noch ein letztes Mal wollte ich nach oben gehen, um zu klingeln. Als ich vor ihrer Wohnungstür stand, wunderte ich mich sehr. Die Tür war angelehnt, und von drinnen hörte ich ein leises Klappern. Ich rief ihren Namen, doch es antwortete keiner. Ob ihr vielleicht doch etwas zugestoßen war? Besorgt betrat ich die Wohnung. Doch was war das? In der Wohnung stand nichts mehr! Die wenigen Möbel, selbst die kleine Küche, alles war verschwunden. Das Klappern kam von einem Fenster, dass der Wind wohl aufgestoßen haben musste. Er bewegte die Fensterflügel hin und her. In der gesamten Wohnung sah es so aus, als lebte hier schon seit langer Zeit keiner mehr. Überall in den Räumen lagen Papierreste herum und die Tapete hatte sich von den Wänden gelöst. Ich wusste nicht, wie ich das deuten sollte. Sollte die alte Dame allen ernstes in der letzten Nacht umgezogen sein? Aber hätte ich in diesem Falle nicht irgendetwas bemerkt? Irritiert ging ich in meine Wohnung zurück. Ich musste dringend zur Hausverwaltung, um nachzufragen, was mit der alten Dame geschehen war. Bei der Hausverwaltung zeigte man sich sehr überrascht. Der Verwal-

ter meinte dann: „Sie können diese Dame gar nicht gesehen haben. Sie verstarb vor drei Jahren und die Wohnung steht seitdem leer."
Mir war nicht wohl, als ich verwirrt nach Hause zurückkehrte. Sollte ich mich wirklich so getäuscht haben? Aber ich hatte mich doch mit der alten Dame unterhalten. Ich wusste es ganz genau! Noch einmal ging ich in die Wohnung der alten Dame. Auf dem Fußboden entdeckte ich ein Buch. Ich hob es auf und las: Der Poltergeist. Als ich das Buch aufschlug, entdeckte ich eine Zeichnung. Offenbar hatte sich der Autor so einen Poltergeist vorgestellt, dennoch erschrak ich.
Das Bildnis des Poltergeistes glich ziemlich genau der alten Dame, die einst hier gewohnt hatte …

Schwarze Lady

Lady Macbeth war eine bekannte Magierin. Ihre Shows zogen Dutzende Interessenten an. Sie lebte allein in einem großen Schloss und nur selten ließ sie Gäste dort hinein. Deswegen war man schockiert, als sie verschwand. Nirgends konnte man sie finden. Auch die Polizei war überfordert. Man munkelte bereits, sie habe sich selbst weggezaubert. Eines Tages jedoch fanden Spaziergänger eine Leiche am See hinter dem Schloss. Es war ihr 76. Geburtstag und ein grünes Handtuch trieb im eiskalten Wasser des Sees. Schnell fand man heraus, dass es sich bei der Toten um Lady Macbeth handelte. Sie wurde erwürgt, doch den Täter fand man nicht. Die Jahre vergingen und das steinerne Grabmal im Schlossgarten wurde langsam von den umstehenden Pflanzen und Sträuchern in Besitz genommen. Niemand kümmerte sich darum, und Lady Macbeth hatte auch keinerlei Nachkommen. Das Schloss verfiel und verwandelte sich schließlich in eine gruselige Ruine. Und auch jetzt, wo Lady Macbeth nicht mehr am Leben war, kam niemand, um an ihrem Grab Blumen zu hinterlegen. Auch in das alte Schloss traute sich keiner. Ein windiger Geschäftsmann schließlich kaufte das Gelände und verwandelte die gesamte Schlossanlage in ein vornehmes Schlosshotel. Das steinerne Grabmal ließ er stehen, kümmerte sich auffallend besorgt um die Grabstelle. Und beinahe schien es, als würde die Seele von Lady Macbeth durch die neu gestalteten Räume geistern und sich an dem frischen Wind, der nun in den Gebäuden herrschte, erfreuen. Doch so sollte es nicht bleiben. Wie ein grausamer Fluch kam das Grauen über den Ort. Eines Tages fand man eine Leiche im Weinkeller. Der Mann wurde erwürgt. Und Erinnerungen wurden wach, Erinnerungen an Lady Macbeths furchtbaren Tod. Sollte der Mörder etwa an den Ort seiner grausamen Tat zurückgekehrt sein? Die Polizei tappte im Dunkeln. Sie konnte den Täter nicht finden. Zwei Wochen verstrichen, da fand man eine Tote im Swimmingpool. Auch diese Dame wurde erwürgt, vermutlich mit einem Handtuch. Und wieder gab es vom Täter keine Spur. Sollte nun das Ende des Schlosshotels gekommen sein? Eines Tages erschien eine rätselhafte Lady in der Hotelhalle. Sie trug ein langes schwarzes Kleid und ihr Gesicht wurde von einem schwarzen Schleier verhüllt. Als sie an der Rezeption stand schaute sie sich lange um. Dann nahm sie ihre Zimmerschlüssel in Empfang und verschwand wortlos.

Sie hatte keinerlei Gepäck dabei, nur eine schwarze Handtasche. Die Hotelgäste, die jene Unbekannte gesehen hatten, verspürten eine seltsame Kühle, die in der Luft lag. Und es war ganz merkwürdig, aber sie fuhr mit einem Fahrtsuhl nach oben, der eigentlich stillgelegt war. Die Lady hatte Zimmer Nummer 77. Sie wollte unter keinen Umständen gestört werden. Und als sie am nächsten Morgen nicht zum Frühstück erschien, kümmerte sich auch keiner um sie.

Doch als sie auch am Mittag nicht im Restaurant erschien, veranlasste der Hoteldirektor, im Zimmer nachzuschauen, ob alles in Ordnung sei. Mehrmals klopfte der Page an die Tür, doch es öffnete niemand. Schlief die Lady vielleicht noch? Auf dem Fußboden entdeckte er ein grünes blutverschmiertes Handtuch. Es lag auf dem Gang und der Page hatte einen furchtbaren Verdacht. Vorsichtig schloss er die Tür auf und trat ein. Zunächst konnte er nichts Verdächtiges sehen, doch dann sah er, dass einer der Ohrensessel zum geöffneten Fenster ausgerichtet war. Der Page lief zum Sessel und erschrak! Im Sessel lag der leblose Körper der vermissten Lady. Umgehend rief er den Direktor.

Als der erschien, geschah etwas merkwürdiges: das grüne Handtuch schien sich zu bewegen. Es entwickelte ein regelrechtes Eigenleben. Zunächst glaubten alle, der Wind, der durch das geöffnete Fenster drang, sei schuld daran. Doch plötzlich erhob sich das Handtuch wie von selbst in die Luft, flog ins Zimmer hinein und wedelte um die tote Lady herum. Die Anwesenden fuhren erschrocken zur Seite, beobachteten schockiert den Spuk. Das Handtuch kreiste eine Weile über den Leuten, dann fuhr es hinunter, geradewegs auf den Hoteldirektor zu. Der fuhr entsetzt zur Seite, doch es war bereits zu spät. Das Handtuch wirbelte drohend um seinen Kopf und schlang sich schließlich in Windeseile um seine Hände. Der Direktor konnte gar nichts tun, denn alles geschah derart schnell, dass er nicht mehr reagieren konnte.

Doch das Handtuch gab noch immer keine Ruhe; wie eine Hand, die aus der Hölle kam, zog es den Direktor gnadenlos zu Boden. Dort blieb es haften und hielt den Direktor gefangen. Der lag hilflos und gefesselt am Boden und konnte sich nicht mehr rühren. Und nun sahen es auch die herbeigeeilten Hotelgäste: an seinen Händen klebte Blut, welches nicht von ihm zu stammen schien.

Die schnell eintreffende Polizei befreite den Direktor aus seiner misslichen Lage und verhaftete ihn sofort. Es stellte sich heraus, dass er der gesuchte Mörder war. Das Blut an seinen Händen und am Handtuch glich eindeutig dem Blut der Toten. Er gab schließlich alles zu. Auch die anderen Hotelgäste hatte er aus Geldgier umgebracht. Später konnte auch die geheimnisvolle Tote identifiziert werden. Es war Lady Macbeth, und es war ihr 77. Geburtstag. Und das grüne Handtuch war das gleiche, mit welchem sie damals am See erwürgt wurde …

Teufelsasche

s war der rätselhafte Tod des Lords Claudius von Hampshire, der die Leute in der kleinen irischen Ortschaft Celtic in Unruhe versetzte. Der Lord, der in einem uralten verfallenen Castle lebte, soll an seinem Todestag mit letzter Kraft geröchelt haben: „Der Teufel wird Euch alle holen." Nur seine einzige Zofe Mrs. Cartfield war im Zimmer anwesend, und man wunderte sich, dass dieser letzte Satz des Lords bis zum See unterhalb des Castles gehört werden konnte. Als schließlich die Leiche des Lords im nahe gelegenen Krematorium eingeäschert wurde, fand man dummerweise die Asche nicht mehr. So musste man die Aschereste des vorher verbrannten Leichnams nehmen, um die Urne zu befüllen. Allerdings durfte das niemals heraus kommen. Die Mitarbeiter des Krematoriums wurden beauftragt, bis zur Klärung des sonderbaren Vorfalles Stillschweigen zu bewahren. Als die Urne schließlich in der Erde verschwand, zog ein schweres Gewitter auf und die ungewöhnlich grellen Blitze fuhren wie scharfe Schwerter auf die anwesenden Trauergäste nieder. Glücklicherweise konnten sich alle zehn Trauergäste in das naheliegende Friedhofsgebäude retten. Doch

das alte Gemäuer knackte und rumorte bedenklich, als der Sturm wie die böse Hand des Todesengels um die Ecken fuhr. Die Trauergäste bekamen es schließlich mit der Angst zu tun und rannten panisch zu ihren Autos, um Sekunden später in alle Richtungen davon zu brausen. Und auch bei diesem überhasteten Aufbruch blieben alle unverletzt. Jedoch ließ sich seit jenem trüben Tage niemand mehr auf Hampshire Castle blicken. Nur die alte Mrs. Cartfield kümmerte sich noch rührend um das uralte Anwesen. Manchmal jedoch glaubte sie, die Stimme ihres Herrn zu hören. Doch wenn sie dann im Schlafzimmer des Lords nachschaute, war da niemand zu sehen. Ebenso wenig wie im restlichen Haus. Irgendwann hatte man die Ermittlungen bezüglich der auf rätselhafte Weise verschwundenen Asche des Lords eingestellt. Man konnte einfach nicht mehr herausfinden, woran es wirklich gelegen hatte und so wuchs allmählich Gras über diese peinliche Sache. Mrs. Cartfield hingegen fühlte sich immer schlechter und eines Abends hatte sie das Gefühl, das alte Castle nicht mehr bewirtschaften zu können. Sie wollte in eine kleine Wohnung in der Stadt ziehen, doch der Gedanke, alles auf Hampshire Castle zurück zu lassen, ließ sie sehr traurig werden. Sie weinte bitterlich und konnte sich einfach nicht mehr beruhigen. Da fuhr ein heftiger Luftzug durch das offen stehende Fenster der Galerie, in welcher sie allabendlich vorm Kamin saß. Erschrocken fuhr sie herum und glaubte ihren Augen nicht mehr zu trauen. Auf dem alten Teppich, inmitten des Raumes schwebte eine grauenvoll entstellte Person! Ihre Kleider hingen ihr in Fetzen vom Leibe, und das fahle hohlwangige Gesicht war blutverschmiert und übel vernarbt. Mrs. Cartfield glaubte schon, in Ohnmacht zu fallen, da hob der Geist zu sprechen an: „Nein, nicht erschrecken, ich muss mit Dir reden. Du musst mich retten. Meine Seele ist gefangen. Sie kann nicht zu Gott gehen, sondern wird, wenn drei Nächte vergangen sind, vom Teufel geholt, wenn Du nicht doch noch meine Asche findest! Bitte rette mich, suche meine Asche!" Kaum hatte der Geist das gesprochen, verschwand er auch schon wieder, löste sich einfach in Luft auf. Ein eiskalter Hauch umfächelte die zu Tode erschrockene Mrs. Cartfield und bildete dicke lange Eiszapfen an der Decke. Bedrohlich stachen sie von den Stuckverzierungen herab und Mrs. Cartfield fiel besinnungslos der Länge nach auf den Teppich vorm Kamin. Im Traum sah sie Lord

Hampshire und plötzlich wusste sie, dass es der Lord sein war, der ihr eben erschienen war. Besser gesagt, es war dessen Geist, der wohl einfach keine Ruhe fand, weil seine Asche nicht mehr auffindbar war. Sie hatte ihn einfach nicht erkannt, weil er so grausig entstellt war. Auch seine Stimme war anders als früher. Doch noch rätselhafter war das, was er gesagt hatte. Wie sollte sie nur seine Asche wiederfinden, wenn man bereits im Krematorium nichts mehr gefunden hatte? Gegen Mitternacht kam sie endlich wieder zu sich und erhob sich stöhnend vom Boden. Das Feuer im Kamin war längst erloschen, und nur die Fenster waren noch geöffnet. Ein wenig ängstlich und frierend schloss sie die Fensterflügel. Ungläubig schaute sie sich um. Hatte sie das alles vielleicht doch nur geträumt? Aber es war doch alles so entsetzlich real. Offenbar war die Seele des Lords noch immer in diesem Castle gefangen, deswegen sah er wohl auch so furchtbar entstellt aus. Es war ihm verwehrt, zu Gott zu gehen und irrte wohl jede Nacht durch sein Castle. Fest stand, dass die Asche dringend und möglichst sofort wieder gefunden werden musste. Nur so würde der Lord seine letzte Ruhe wiederfinden. In dieser Nacht war es jedoch nicht mehr möglich. Sie war einfach zu müde und abgespannt, um auf die Suche zu gehen. Langsam und traurig schlich sie ins Obergeschoss, wo sich ihr kleines Zimmer befand. Wie viele Jahre war sie diese alten hölzernen und laut knarrenden Stufen schon nach oben gestiegen? Wie oft hatte sie dem Lord den Fünf-Uhr-Tee gebracht, sie war es ihm schuldig, sie musste die Asche finden! Schon morgen musste sie mit der Suche beginnen. Total erschöpft und hundemüde legte sie sich ins Bett und schlief sofort ein.

Am nächsten Morgen stand sie schon recht zeitig auf und bereitete sich einen starken Kaffee zu. Die letzte Nacht, ihr Ohnmachtsanfall hatte sie sehr mitgenommen. Wo sollte sie mit den Recherchen beginnen? Vielleicht sollte sie zuerst im Keller nach dem Rechten sehen? Möglicherweise gab es ja dort einen Anhaltspunkt auf den Verbleib der Asche. Mit ihrer Taschenlampe bewaffnet begab sie sich zur Kellertür. Sie quietschte laut und schien wohl seit langer Zeit nicht mehr bewegt worden zu sein. Während sie so vor der Tür stand, bemerkte sie einen eiskalten Hauch, der um sie herum fächelte. Es war wie am vergangenen Abend, als der gruselige Geist des Lords vor ihr schwebte. Auch da spürte sie diese eisige Kälte um sich herum. Hinter der Tür führte eine schmale stei-

nerne Treppe in die Tiefe. Es roch muffig und es war feucht und kalt. Vorsichtig stieg sie Schritt für Schritt nach unten. In der Düsternis vernahm sie ein Geräusch – es hörte sich an, als ob jemand atmete – immer ein und aus, in ruhigem Wechsel.
Sie zögerte, sollte sie wirklich weitergehen? Sie musste es, denn nur so könnte sie vielleicht etwas herausfinden, was wichtig für die Rettung der Seele von Lord Hampshire war. Immer weiter schritt sie nach unten. Gleichzeitig wurde auch das mysteriöse Atmen immer lauter und intensiver. Schließlich war sie unten im Keller angekommen und das Atmen war hier so laut, dass sie sich ängstlich die Ohren zuhielt. Eigentlich wäre sie voller Panik nach oben gerannt, doch in dieser Situation? Sie konnte, nein, sie durfte den Lord auch nach dessen Tode unter gar keinen Umständen im Stich lassen! Und so schlürfte sie langsam den feuchten Kellergang entlang. Plötzlich stand sie vor einer schwarzen Mauer. Wieso ging es hier nicht mehr weiter. Sollte der Gang wirklich im Nichts enden? Auf dem Fußboden lag etwas - vorsichtig hob sie es auf - es war ein Papierfetzen. Mit der Taschenlampe leuchtete sie auf das Papier und entzifferte einen einzigen, beinahe unleserlichen Satz, der mit roter

Tinte geschrieben war: „Hiermit vermache ich meine Asche dem Teufel!"
Mrs. Cartfield traf beinahe der Schlag. Zitternd hielt sie den Papierfetzen an ihr Herz und japste nach Luft. Sollte ihr Herr, der Lord wahrhaftig seine Asche, die man so vergeblich gesucht hatte, dem Allmächtigen vermacht haben? Aber warum? Was hatte ihn dazu veranlasst? Mrs. Cartfield röchelte und hielt sich an der kalten Mauer fest. Hatte etwa der Teufel am Tag der Einäscherung von Lord Hampshires Leiche die Asche mit sich fortgenommen? Aber dann konnte sie ja auch nichts mehr tun. Niemals würde sie dem Teufel diese Asche wieder abjagen können. Und wo sollte sie den Teufel überhaupt suchen? In die Hölle wollte sie unter gar keinen Umständen. Als sie wieder ausreichend Luft bekam, machte sie sich auf den Rückweg. Die Treppe führte steil nach oben und nur mit allergrößter Anstrengung schaffte sie es schließlich, Stück für Stück die Treppe nach oben zu steigen. Stöhnend erreichte sie das Erdgeschoss des Castles und knallte die Kellertür lautstark hinter sich zu. Immer wieder starrte sie auf den Papierfetzen und wusste einfach nicht mehr weiter. Da erschien erneut der Lord vor ihr. Mit zerfetzten Kleidern und mit blutverschmiertem fahlem

Gesicht schwebte er vor ihr und weinte. Mit stockender Stimme wimmerte er: „Geh um Mitternacht zum Friedhof. Dort wird der Teufel auf Dich warten. Doch gib ihm nicht das Papier, welches Du im Keller fandst, sonst bist Du verloren. Verlange meine Asche und halte dabei Dein Kreuz, welches Du um den Hals gebunden hast, über das Papier. Wenn Du die Asche hast, fliehe so schnell Du kannst!"

Mrs. Cartfield lief so schnell sie konnte zum Friedhof. Er war nicht weit entfernt und pünktlich um Mitternacht traf sie am Grab des Lords ein. Dort wartete sie, bis die kleine Uhr über der Kapelle zur Mitternacht schlug. Plötzlich fuhr ein eiskalter Wind zwischen den Gräbern einher und dann zischte und knackte es laut. Ein heftiges Gewitter zog auf; es war beinahe noch heftiger als jenes bei der Beisetzung des Lords. Hagel peitschte wie Milliarden von Giftpfeilen vom nachtschwarzen Himmel und der Donner ließ sämtliche Scheiben in der Kapelle gefährlich vibrieren. Ein rötliches Licht flackerte über dem Grabstein des Lords hell auf und alsbald schwebte, begleitet von gelblichem Schwefeldampf eine grässliche knochige Gestalt mit rot leuchtenden Augen über allem Geschehen. Mrs. Cartfield spürte wie ihr die

Luft knapp wurde und ihr zitterten entsetzlich die Knie. Doch sie nahm alle Kraft zusammen und tastete nach ihrem eisernen Kreuz, welches sie an einer schwarzen Kordel Kette um den Hals trug. Sie hielt es ganz fest und ließ es nicht mehr los. Auch den Papierfetzen hielt sie fest in ihrer Jackentasche. Der Teufel lachte schrill auf und schrie sogleich: „Ha, Du dummes Weib! Willst Du mir endlich die Papierurkunde Deines Herrn herbringen? So ist's recht! Dann werfe sie mir sofort zu, sonst nehme ich Dich mit!" Mrs. Cartfield wollte vor lauter Angst dem Teufel schon gehorchen, denn seine laute scharfe Stimme, sein bedrohliches Auftreten, alles ließ sie einfach nur panisch werden. Doch dann dachte sie an den armen Geist ihres Herrn. Er hatte sie gewarnt, das Papier unter keinen Umständen dem Teufel zu geben. Und so presste sie ihre Hand noch fester auf die Jackentasche, in welchem sich das Papier befand. Dann nahm sie allen Mut zusammen und brüllte dem Teufel entgegen, dass sie das Papier niemals herausgeben würde. Erst wollte sie die Asche des Lords, dann könnte der Teufel auch das Papier haben. Der Teufel, der sich nun noch bedrohlicher vor der kleinen hutzeligen Mrs. Cartfield aufbäumte, schien siegessicher und absolut überzeugt von seinem grausigen Handeln. Und so fuchtelte er mit seinen spitzen Hufen vor Mrs. Cartfields Gesicht herum und hielt ihr eine große glitzernde Urne unter die Augen. Die gottesfürchtige, bisher immer ehrliche Zofe, wollte schon zugreifen, da kam ihr ein seltsamer Gedanke: vor Jahren hatte ihr ein fliegender Händler einen Korb Äpfel verkaufen wollen. Doch die Äpfel waren nur von minderer Qualität und sie nahm den Korb nicht. Daraufhin war der Händler schimpfend davon gefahren. Wie sie Tage später erfuhr, hatte der Genauer die verdorbenen Äpfel einer Lady in der Stadt verhökert. Diese wurde krank und musste ins Krankenhaus. Nur mit viel Glück überlebte sie und wurde wieder gesund. Hatte vielleicht der Teufel ähnliches vor? Zum Schein willigte sie ein, grinste den Teufel kess an und griff nach der Urne, Doch kaum hatte sie diese in ihren Händen, warf sie die Asche dem Teufel entgegen. Stiebend flog die falsche Asche dem Teufel in die Augen, und der konnte für einen kurzen Moment nichts mehr sehen, weil es wertloser Staub aus der Hölle war. Mrs. Cartfield entdeckte ein hölzernes Gefäß, dass der Teufel unterm Arme verbarg. Das musste die richtige Urne sein! Schnell entriss sie dem überraschten

Unhold das Gefäß und hielt im gleichen Augenblick ihr eisernes Kreuz dem tobenden Satan unter die Augen. Der schrie und brüllte, dass die Kapelle des Friedhofes beinahe zum Einsturz kam: „Du elendes verfluchtes Weib! Hinweg mit Dir! Du bist eine alte Hexe! Ich werde Dich verfluchen!"
Doch all sein böses Fluchen beeindruckte Mrs. Cartfield nicht mehr. Sie wusste, dass sie nun die rechte Urne mit der echten Asche des Lords in den Händen hielt und sie gab sie nicht mehr her. Sie hielt ihr Kreuz hoch in die Luft und dem Teufel blieb nichts weiter übrig, als unter lautem Getöse zu Asche zu zerfallen. Mehr noch, seine Asche flog in das glitzernde Gefäß, dessen Deckel Mrs. Cartfield schleunigst verschloss und fest drauf drückte. Plötzlich zischte es erneut und wieder schwebte jemand vor der verdutzten Lady auf und ab. Diesmal jedoch war es der Geist des Lords, der allerdings gar nicht mehr so schlimm und blutverschmiert war wie ehedem. Er sah aus, als sei er gerade erst friedlich eingeschlafen. Doch er lächelte und Mrs. Cartfield musste weinen. Dann sagte der Lord ganz leise: „Danke, dass Du meine Asche zurückgeholt hast. Jetzt kannst Du sie in meinem Grab versenken und ich bin für

immer erlöst. Ich kann nun zu Gott gehen; der Herr sei mit Dir."

Mrs. Cartfield tat alles so, wie ihr der Lord geheißen hatte und beerdigte die Urne mit der echten Asche des Lords in dessen Grab. Die andere Urne, in welcher sich die Teufelsasche befand, warf sie in ein Feuer, welches sie im Garten des alten Castles entfachte. Laut zischend und tosend zerstoben die Urne und die Asche in ihr. Der Fluch war beseitigt und der Teufel schien besiegt. Zufrieden lief Mrs. Cartfield ins Haus zurück und legte sich schlafen. Draußen in der Dunkelheit verlosch das Höllenfeuer und nur eine gelblich leuchtende Schwefelwolke blieb übrig. Sie flog lautlos über die Gräber des Friedhofes hinweg und verfing sich schließlich in der Erde des Grabes von Lord Hampshire. Als die Wolke entschwunden war, blieb ein Häufchen gelber Asche auf dem Grabhügel zurück. Und es war ganz seltsam, den Friedhofsgärtnern war es einfach nicht möglich, diese sonderbare Asche vom Grab wegzubringen. Denn kaum hatten sie die Asche in ihre Schubkarre geschaufelt, da fuhr sie wie eine Windhose aufs Grab zurück und eine scharfe röchelnde Stimme flüsterte wutentbrannt die düsteren Worte: „Niemals wirst Du mich besiegen, niemals!"

Hand des Bösen

Vor langer Zeit, als sich die Erde noch entwickelte und es noch keine Menschen gab, hatte es sich zugetragen, dass aus den schwarzen Tiefen des Universums eine riesige Hand durchs Universum fuhr. Es war das Böse, das nach dem Guten suchte, um es zu vernichten. Wer die Hand lenkte, war nicht zu erkennen. Doch sie bewegte sich stetig und ohne Unterlass durch die unergründlichen und unermesslichen Weiten der zahllosen Galaxien. Schließlich traf sie auf die noch junge Erde und sie sah, wie Dutzende Vulkane auf ihr eine Atmosphäre begannen zu bilden. Die Hand spürte, dass es das Leben war, das sich auf diesem kleinen Planeten herausbildete. Sie fühlte, dass es das Gute war, dass da entstand und sie wollte es vernichten. Schon holte sie zum vernichtenden Schlag aus und zielte geradewegs auf den Planeten. Doch die stetige Bewegung des Planeten um die Sonne bewirkte, dass die Hand den Planeten leicht verfehlte und nur ein Stück des Planeten abschlagen konnte. Sie glaubte jedoch, den Planeten für immer vernichtet zu haben und zog sich in die Tiefen des Universums zurück. Dorthin, woher sie einst gekommen war. Die beiden Bruchstücke des Planeten, ein kleines und ein großes, trieben seitdem umeinander und es formten sich über Millionen von Jahren die Erde und der Mond. Er umkreist den Planeten und zieht wie ehedem die Meere an und lässt sie wieder frei. Man nennt dieses Phänomen Ebbe und Flut und immer, wenn Menschen traurig oder glücklich sind, schauen sie sehnsuchtsvoll in den schwach leuchtenden Mond und haben Tränen in den Augen. Und immer dann, wenn sich auf der Erde das Böse formiert, um zum Schlag gegen das Gute zu wappnen, gleitet der Mond darüber hinweg und versucht, alles wieder zu glätten.

Es war im Jahr 2222, als sich die Menschen derart verstritten hatten, dass sie nicht mehr gemeinsam auf der Erde leben konnten. Die Bösen vertrieben die Guten, die fortan auf dem Mond ihre Zuflucht fanden. Doch der Mond war viel zu klein für all die vielen guten Menschen und sie wollten wieder zurück auf die Erde. Doch die bösen Menschen hatten Waffen entwickelt, die mit ihrer verheerenden Wirkung alles Leben vernichten konnten. Deswegen gelang es den Guten nicht, die Erde wieder zu bevölkern. Traurig lebten sie in ihren engen kleinen Mondstädten und mussten zusehen, woher sie die

Rohstoffe zur Energiegewinnung und letztendlich zur Bewirtschaftung des toten Mondgesteins beschaffen. Immer weiter gelangten sie bei ihrer Suche ins Universum und irgendwann stießen sie auf ein Areal, welches von Ferne wie eine unfassbar große, leuchtende Gaswolke aussah. Die Raumfahrer begriffen nicht, was es war und flogen mitten in die Gaswolke hinein. In einer wabernden Masse entdeckten sie eine riesige schwarze Hand. Sie lag regungslos in der schmatzenden Masse und die Raumfahrer glaubten, es sei lediglich eine überdimensionale Gesteinsformation, die vollkommen gefahrlos war. Doch sie irrten gewaltig, denn die vermeintliche Gesteinsformation war die Hand des Bösen, die nur auf die guten Menschen gewartet zu haben schien. Als die Raumfahrer über sie hinweg glitten, holte sie aus und schnappte nach dem Raumschiff der Menschen. Nur einem Zufall war es zu verdanken, dass das Raumschiff dieser Hand entkommen konnte. Doch es war schwer beschädigt worden und kaum noch manövrierfähig. Es trieb durch die dichte Gaswolke und hatte vollkommen die Orientierung verloren. Die Raumfahrer glaubten, ihre Heimat, den Mond niemals mehr wieder zu sehen. Doch es war ganz seltsam- sie entdeck-

ten, dass die schwarze Hand ihren Ursprung in einem riesigen schwarzen Loch hatte, welches sich im Zentrum der fremden Galaxis befand. Das musste der Zugang zur Hölle, zum Teufel sein. Wenn es den Menschen gelänge, diesen Zugang für immer zu verschließen, dann könnte diese Hand auch nicht mehr leben und das Böse wäre für alle Ewigkeiten besiegt. Aber wie konnte man ein solch riesiges kosmisches Objekt wie dieses schwarze Loch verschließen?
Es schien vollkommen unmöglich und mit den Mitteln, die die Menschen zur Verfügung hatten, unerreichbar. Da wurden die Raumfahrer so traurig, dass sie bitterlich weinten. Sie konnten sich einfach nicht mehr beruhigen und weinten hundert Tage und hundert Nächte und irgendwann hatten sie so viele Tränen geweint, dass die Automatik des Raumschiffes all diese Tränen nicht mehr in verwendbares Wasser umwandeln konnte oder gar anderweitig zu verarbeiten vermochte. So musste all das salzhaltige Tränenwasser ins All abgelassen werden. Ein riesiger Schwall ergoss sich in die Schwerelosigkeit des Raumes und zerfiel in die kleinsten Kristalle. Da es derart viele Tränen waren, war es auch ein riesiger Kristallschwall, der durchs All flog. Wie magisch

wurde er von dem starken Schwerefeld des schwarzen Loches angezogen und drang schließlich wie ein scharfer Pfeil in dieses Loch ein. Doch da geschah etwas Seltsames: die Myriaden von Kristallen, welche die guten Menschen einst geweint hatten, vermochten sich nicht mit dem Bösen in diesem schwarzen Loch zu verbinden. Es war, als würde Antimaterie auf Materie treffen und eine unglaublich heftige Explosion vernichtete das schwarze Loch. Das gesamte Areal wurde neutralisiert und die Hand verging bevor sie die guten Menschen vernichten konnte. Sie verschwand einfach wie das schwarze Loch in der Unendlichkeit. Augenblicklich löste sich die Gaswolke auf und verfrachtete durch die Wucht ihrer Explosion das manövrierunfähige Raumschiff der guten Menschen zum Erdmond zurück. Dort hatte sich bereits Merkwürdiges ereignet. Der Mond war auf die Erde gestürzt und hatte sich mit ihr vereinigt. Der einstige Zauber der bösen Hand war durch die Vernichtung des schwarzen Loches beseitigt worden und es gab keine Trennung mehr. Das Gute hatte gesiegt und die Menschen lebten fortan in Ruhe und Frieden, in Eintracht und Liebe miteinander auf der blühenden, fruchtbaren Erde. Als eines fernen

Tages ein junger Astronom die Grenzen des Universums untersuchte, stellte er eine sonderbare Erscheinung fest. Am Rande des Universums, am Rande aller Zeiten hatten sich mysteriöse Schatten formiert, die vor sich hin pulsierten wie die Zeiger einer überdimensionalen Uhr. Der Astronom konnte sich das nicht erklären, waren doch nach dem Zerbersten des schwarzen Loches auch alle übrigen schwarzen Löcher des Universums vernichtet worden. Doch als er genau hinsah und die Leistung des Teleskops noch ein wenig verstärkte, erstarrte er vor Schreck! Denn was er dort draußen am Rande des Universums erblickte, waren die Fingerkuppen einer unfassbar riesigen Hand, die das gesamte Universum in sich zu tragen schien …

Rache

Aurelius Panina war Inhaber einer winzig kleinen Eisenbahn-Transportfirma, die tagein tagaus mehr oder weniger wichtige Güter durch die weite Prärie Arizonas transportierte. Panina war als rigoros und bösartig bekannt und entließ sofort einen Mitarbeiter, wenn der nur mal falsch nieste. In der letzten Zeit liefen die Geschäfte schlecht und Panina musste zusehen, wie er sich und die Firma über Wasser hielt. Dennoch verdiente er immer noch genug, um selbst in Saus und Braus zu leben. Seine Mitarbeiter, die als Lokführer auf seinen drei Diesellokomotiven tätig waren, speiste er mit einem Hungerlohn ab. Und weil er immer gieriger wurde, nahm er zusätzliche Transportaufträge an und setzte sich sogar selbst in den Führerstand seiner Lokomotiven, um so richtig absahnen zu können. Schließlich rollte der Rubel wieder so gut, dass er sich ein hübsches Anwesen am Stadtrand von Tucson/Arizona leisten konnte. Doch der plötzliche Reichtum hatte ihn noch geiziger und noch bösartiger werden lassen. Mittlerweile herrschte in der Firma ein aufgeheiztes Klima der Angst und der Frustration. Die ersten beiden Mitarbeiter kündigten bereits freiwillig und nahmen es lieber in Kauf, einige Zeit von der mehr als kargen Stütze zu leben als die gemeinen Torturen ihres wild gewordenen und geldgierigen Chefs ertragen zu müssen. Irgendwann stand Panina nur noch alleine da und musste Dutzende von Aufträgen streichen. Doch anstatt endlich einzusehen, dass er etwas verkehrt gemacht hatte, wurde er nur noch bösartiger.

Eines Tages hatte er einen besonders wichtigen Auftrag an Land ziehen können, den er keinesfalls sausen lassen wollte. Dabei stand ein hoher Gewinn in Aussicht, den er sich natürlich nicht entgehen lassen konnte. Und weil keiner seiner Mitarbeiter mehr da war, dem er diese Arbeit aufbürden konnte, begab er sich selbst in den Führerstand seiner besten und kräftigsten Diesellokomotive und hatte nur noch im Sinn, recht schnell am Bestimmungsort anzukommen, um seinen richtig deftigen Extrabonus zu kassieren. Es war ein sonniger Tag und zunächst begann die Fahrt ohne größere Probleme. Panina hatte sogar noch Muse, sich ein kleines Liedchen zu pfeifen. Und weil er so richtig guter Laune war, gab er der Lokomotive die Sporen. Dabei übersah er großzügig einige nicht rechtzeitig geschlossene Bahnübergänge und donnerte einfach hindurch. Er sah sich bereits in einem neuen, riesigen Haus, welches vor einem noch viel riesigeren See errichtet war und im warmen Sonnenlicht glitzerte und schillerte. Als er so träumte, bemerkte er nicht, dass sich der Güterzug mit dramatisch überhöhter Geschwindigkeit erneut einem Bahnübergang näherte. Ein kleines Mädchen spielte dort mit einem feuerroten Gummiball und Panina hielt genau auf das spielende Kind zu. Es dauerte nur den Bruchteil einer Sekunde, da jagte der Zug aus einem langen dunklen Tunnel kommend genau auf das Mädchen zu. Und weil der Bahnübergang zwischen Felsen versteckt lag, konnte das Mädchen nicht hören, was da auf sie zuraste. Es konnte sich nicht mehr rechtzeitig in Sicherheit bringen, stand wie vom Donner gerührt mitten auf dem Gleis. Panina war währenddessen der Terminplaner vom Armaturenbrett gerutscht und so konnte er den nahenden Bahnübergang nicht sehen. Weil der Zug so unglaublich schnell war, erfasste die Lok schließlich das Kind und schleifte es meterweit mit. Nun bemerkte es auch Panina! Fassungslos starrte er aus dem kleinen Fenster seiner Lokomotive zurück zu dem kleinen Mädchen, welches leblos neben den Gleisen vor seinem roten Gummiball lag und schnell im aufgewirbelten Staub der Bö-

schung verschwand. Ob es tot war? Wie versteinert saß Panina in seinem Führerstand und wusste nicht, was er tun sollte. Und so raste er einfach weiter. Er wusste, dass diesen Unfall zwischen den Felsen wohl niemand bemerkt haben konnte, und irgendwann hatte er sich mit der grausamen Realität abgefunden. Eiskalt schob er den Unfall beiseite und dachte gar nicht daran, den Zug anzuhalten und einen Notarzt zu benachrichtigen. So vergingen die Stunden und die endlosen Meilen. Im Zielbahnhof, einer kleinen Bahnstation, übergab Panina die Güterwaggons der Kundschaft und kassierte ordentlich ab. Dann betrachtete er sich heimlich seine Lok. Sie war wohl unversehrt und nichts schien mehr auf den Unfall hinzuweisen. Vielleicht war ja gar nichts Schlimmes geschehen, so Paninas unglaubliche Vorstellung. Doch was war das? Dort, wo das kleine Mädchen an der Lokomotive gehangen hatte, war eine rötliche Schrift erkennbar. Panina bückte sich, um sie besser entziffern zu können, doch dabei erschrak er fürchterlich! Denn dort stand in gut lesbaren Worten geschrieben: Du wirst dafür büßen!
Ein heftiger Blitz durchzuckte Paninas Körper, und so schnell er nur konnte, wischte er die Worte mit seinem Taschentuch ab. Was

er jedoch nicht beseitigen konnte, war die bohrende Angst und sein schlechtes Gewissen. Es verfolgte ihn bis nach Hause, bis in sein Bett und bereitete ihm furchtbare und schlaflose Nächte. Seltsamerweise wurde das kleine Mädchen auch nirgendwo vermisst, denn weder die Polizei suchte nach ihr, noch wurde nach einem Lokomotivführer gefahndet, der nach dem Unfall geflohen war. Panina fand das zwar sehr sonderbar, aber seine Geldgier war einfach größer. Er war schließlich der wirren Annahme, dass möglicherweise gar nichts Schlimmes geschehen sein konnte. Dennoch untersuchte er neuerdings vor jeder seiner neuen Aufträge seine Lokomotiven. Zu heftig hämmerte seine Angst vor einer vermeintlichen Rache des armen kleinen Mädchens in seinem Hirn. Tagelang geschah nichts und Panina wiegte sich in trügerischer Sicherheit. Und weil alles so unglaublich gut lief, entschloss er sich, nach all dieser langen Angst- und Arbeitszeit endlich Urlaub zu nehmen. Er brauchte auch gar nicht lange nach dem Urlaubsziel zu suchen – er wollte nach Kalifornien in die warme Sonne. Und weil er während seiner Urlaubszeit auch noch Geld verdienen wollte, regelte er das Ganze so, dass seine kräftigste Lok vor den Personenzug gespannt

wurde, mit welchem er dann nach Kalifornien reiste. Wieder lief alles wunderbar. Die Lokomotive war in einwandfreiem technischen Zustand und Panina, der im tiefsten Inneren seines geldgierigen Herzens doch noch argwöhnisch und misstrauisch war, dass vielleicht doch noch irgendjemand den Zug und vor allem seine Lok beschädigen könnte, setzte sich sicherheitshalber in den allerletzten Waggon. Dort glaubte er sich absolut sicher und der Zug fuhr los. Ganz allein saß er in dem Waggon und die Reise verlief zunächst ohne Störungen. Die Landschaft flog wie ein Brausewind am Fenster vor den verträumten Augen des gähnenden Panina vorüber, und der sann schon über seinen Aufenthalt in Kalifornien nach, sah sich bereits auf einer bunten Luftmatratze am Strand von L.A. dahingleiten …
Der Zug wurde ein wenig langsamer, und was Panina nicht sehen konnte war, dass sich der Zug einer hohen metallenen Brücke näherte. Ganz langsam und vorsichtig befuhr der Zug die Metallkonstruktion, die einen breiten Fluss überquerte. Er musste langsam fahren, weil die Brücke nicht mehr sehr neu war und erst in den nächsten Tagen überprüft werden sollte. Panina bekam von alledem ziemlich wenig mit. Er stöhnte leise

vor sich hin und schloss verzückt seine Augen. Unterdessen hatte der Kopf des Zuges bereits wieder festes Land unter sich, da gab es plötzlich einen heftigen Ruck, sodass Panina unsanft hin und her geschüttelt wurde. Er konnte nicht wissen, dass seine kräftige Diesellok über eine Verwerfung in den Gleisen gefahren war und dabei offenbar entgleist war. Langsam kam der Zug zum Stehen und nur Paninas Wagen stand noch auf der Brücke. Durch den starken Ruck jedoch hatte sich die Anhängerkupplung gelockert, welche Paninas Waggon am Zugende festhielt. Sie hakte schließlich gänzlich aus und Paninas Waggon rollte auf die Mitte der Brücke zu. Dort blieb er stehen und rührte sich nicht mehr. Panina, der durch den Ruck aus seinen lieblichen Träumen gerissen wurde, hatte all das mit Schaudern mitverfolgen müssen. Nun wollte er schnellstens aus dem Wagen springen, um zum restlichen Zug nach vorn zu laufen. Doch als er die Tür öffnen wollte, funktionierte sie nicht. Immer panischer drückte er die metallene Klinke, doch diese tat keinen Mucks. Die Brücke allerdings war da wesentlich beweglicher. Durch den starken Ruck, den die schwere Lok beim Überqueren der Gleisverwerfung erzeugt hatte, waren wichtige Bolzen im Inneren der Metallkonstruktion der baufälligen Brücke gebrochen. Tragende Teile waren bereits in den Fluss gestürzt, und die Brücke würde dem Gewicht des noch immer auf ihr befindlichen Waggons ganz sicher nicht länger standhalten können. Laut krachend sank die gesamte Metallkonstruktion schließlich in sich zusammen, stürzte mitsamt dem Waggon und dem darin befindlichen Panina krachend in die wilden Fluten des dahinrauschenden Flusses. Nichts war mehr von dem Waggon und von Panina zu sehen. Der Fluss wurde für den geldgierigen eiskalten Despoten zum Grab. Die Reisenden, die im vorderen Teil des Zuges gesessen hatten und das Unglück mit Schrecken verfolgen mussten, kletterten die Böschung zum Ufer des Flusses hinab. Allerdings waren die Stromschnellen einfach zu stark, sodass sich niemand ins Wasser traute, um Panina doch noch retten zu können. Die Stunden später eintreffenden Rettungsmannschaften konnten Panina nur noch tot aus den Fluten bergen. Als sie dann aber den Waggon mit schwerem Gerät aus dem Wasser zogen, erstarrten sie regelrecht vor Schreck. Nicht etwa, weil das schrottgewordene Relikt voll Wasser gelaufen war und für einen Menschen zum nassen Grab wurde. Vielmehr weil an der Seite des Wagens ein breiter roter Schriftzug prangte, der selbst durch das Wasser des Flusses nicht abgewaschen wurde. Da stand für alle deutlich zu lesen: „Das ist die Rache, die ich dir einst geschworen habe!" Und aus der Tiefe des wilden Wassers sprang plötzlich ein feuerroter Gummiball wie eine Fontäne in die Luft, um laut polternd auf Paninas Sarg hernieder zu plumpsen. Einige der Rettungsleute glaubten sogar allen Ernstes das schrille Lachen eines kleinen Mädchens über der Schlucht gehört zu haben ...

Das Haus zwischen den Felsen

Sandra Sheppard hatte endlich Urlaub. Und den wollte sie so richtig genießen. Aus diesem Grund hatte sie sich eine Hütte tief in den Bergen der Rocky Mountains bei „Harpers Point" gemietet. Schon der Prospekt glänzte nur so von Erholung und Frieden. Sandra wusste, dass sie sich in genau diesem kleinen Häuschen besonders gut erholen würde. Die Fahrt hingegen dauerte ewig und Sandra glaubte schon, niemals in ihrem Domizil anzukommen. Irgendwann jedoch sah sie in der Ferne die Gipfel des gewaltigen Felsmassivs, in welchem sie schon in wenigen Stunden ihren lang ersehnten Urlaub genießen würde.

Eine schmale Bergstraße schlängelte sich schier endlos zwischen den massiven Kiefernwäldern hindurch. Immer wieder hielt Sandra ihren Wagen an, um sich zu orientieren. War sie hier wirklich richtig? Ein altes verwittertes Holzschild, welches an einen Baumstamm genagelt war, wies immer geradeaus. Kein Zweifel, hier ging es lang, hier war sie richtig! Nach einer weiteren Stunde hatte sie endlich ihr Ziel erreicht. Das alte Holzhaus stand eingerahmt von zwei riesigen Bergen, von Tannen und Kiefern eingeschlossen vor ihr. Das also war „Harpers Point" – es war einfach wunderschön! Seltsam erschien ihr lediglich, dass das Haus irgendwie anders aussah als das aus dem Prospekt. Es erschien ihr älter und recht windschief. Dennoch wurde sie von einer alten Dame, die ihr schon entgegen kam, herzlich empfangen. „Hallo!", rief die Alte schon von weitem, „Ich bin Mrs. Johns! Hatten Sie eine gute Fahrt?" Sandra wunderte sich sehr über den merkwürdigen Aufzug der alten Dame. Ihre Kleider schienen zerlumpt und auch ihr Gesicht war fahl und zeigte leichte Schrammen. Schnell erkundigte sich Sandra, ob es ihrer Gastgeberin auch wirklich gut ging. Die vermeintliche Mrs. Johns zögerte einen Moment und meinte dann kurz, dass es ihr nie besser gegangen sei. Und weil Sandra viel von ihrer Reise zu erzählen hatte, vergaß sie schließlich, weitere dumme Fragen zu stellen. Mrs. Johns sagte, dass sie drei Meilen hinterm Wald wohnen würde und jederzeit vorbei kommen könnte, wenn es Sandra wollte. Dann verabschiedete sie sich unerwartet schnell und verschwand. Sandra schaute sich um. Wie schön es hier doch war. Dieses Blockhaus war genau das richtige für einen erholsamen Erholungsurlaub. Im Inneren des Hauses roch es nach trockenem Holz und nach abgebrannten Kerzen. Eine Steckdose und elektrisches Licht schien es nicht zu geben. Sonderbar, denn eigentlich stand im Prospekt, dass das Haus ans elektrische Stromnetz angeschlossen sei. Warum hatte sie Mrs. Johns nicht danach gefragt. Als die jedoch die entzückende kleine Zinkbadewanne erblickte, vergaß sie all diese Dinge und verspürte plötzlich einen unbändigen Drang, ein heißes Kräuterbad zu nehmen. Draußen dämmerte es bereits und der laue Abendwind bewegte sanft die Äste der Bäume. Ein seltsames Rauschen breitete sich geheimnisvoll im Inneren des Hauses aus. Sandra bemerkte es zwar, wollte sich allerdings nicht beim Baden stören lassen. Die gusseisernen, sehr antik anmutenden Armaturen der Wanne quietschten, als Sandra sie betätigte. Und die alten Glasflaschen, in welchen die Kräuteressenzen aufbewahrt wurden, schienen ebenfalls schon bessere Tage erlebt zu haben. Sie waren beschmiert und zeigten Risse. Dennoch ließ sich Sandra auch davon nicht stören. Genüsslich ließ sie sich in das heiße Wasser sinken und spielte wie ein Kind mit den aufgetürmten Schaumbergen um sich herum. Ach, wie herrlich das doch war. Davon hatte sie immer schon geträumt. Ein richtiger Urlaub in den Bergen, einfach wundervoll. Wie sie so schwelgte, konnte sie nicht bemerken, wie ihr Handy ganz langsam das Funknetz verlor und es draußen zu schneien begann. Immer dichter fielen die Flocken und der Wind verstärkte sich, verwandelte sich urplötzlich in einen starken Sturm. Eine halbe Stunde später fegte ein heftiger Blizzard um die alte Holzhütte und erzeugte dabei ein beängstigendes Pfeifen. Sandra tauchte zwischen ihrem Schaum hervor und lauschte. Zunächst glaubte sie noch, dass dieses sonderbare Geräusch genau so schön sei wie der gesamte Urlaub. Doch als das Pfeifen schließlich immer lauter wurde, wurde sie ängstlich und stieg irritiert aus der Wanne. Schnell hatte sie sich abgetrocknet und stand Sekunden später vorm Fenster. Sie konnte nichts mehr sehen, so dicht jagten die Schneeflocken an der Scheibe vorüber. Sollte sie Mrs. Johns anrufen? Als sie die Telefonnummer, die im Prospekt angegeben war, wählen wollte, bemerkte sie, dass ihr Handy gar kein Netz hatte. Sie fand das zwar recht merkwürdig, aber hier draußen in den Bergen, da konnte das schon vorkommen, dachte sie. Doch plötzlich erschrak sie, waren da nicht Stimmen? Zunächst ignorierte sie sie, meinte, es sei der Blizzard, der ums Haus fegte. Doch dann kamen sie wieder. Sie hörten sich beinahe so an, als würde jemand um Hilfe rufen - was ging hier nur vor? Durchs Fenster konnte sie niemanden erkennen. Und als sie die Tür einen winzigen Spalt öffnete, um nach den Stimmen zu hören, verstummten sie wieder. Der Sturm knallte wie eine Walze gegen die Tür und Sandra hatte große Mühe, die Tür wieder zu schließen. Eigentlich wollte sie sich gemütlich in den kleinen Sessel vorm Kamin setzen, doch ihre Ruhe und ihr Frieden schienen für immer dahin. Woher nur waren diese Stimmen gekommen und warum meldete sich Mrs. Johns nicht bei ihr. Immerhin nahm der Blizzard an Heftigkeit zu. In ihrem Magen begann es zu rumoren und tief in ihrem Inneren verspürte sie ein stechendes Gefühl: Angst! Mittlerweile war es so dunkel geworden, dass sie die Kerzen auf dem kleinen runden Holztisch in der Mitte des Raumes entzündete. Wenigstens konnte sie in der bedrohlichen Dunkelheit wieder etwas sehen. Als sie sich umdrehte, traf sie beinahe der Schlag! Hinter ihr stand Mrs. Johns! Wie war sie nur so unbemerkt hier hereingekommen, und wie war sie bei diesem Wetter überhaupt zu ihr gelangt? War ihr Haus nicht drei Meilen von hier entfernt? Mrs.

Johns zog ein wahrhaft ernstes Gesicht und raunte mit dunkler Stimme: „Komm mein Mädel, komm jetzt mit mir. Wir können nicht mehr bleiben."
Sandra verstand nicht, was die Alte da meinte. Wieso sollte sie mit ihr kommen? Bei diesem Wetter jagte man doch keinen Hund vor die Tür. Dennoch ließ Mrs. Johns nicht locker. Eilig packte sie ein paar Sachen zusammen und drängte Sandra, mit ihr zu gehen. Die junge Frau wusste zwar überhaupt nicht, was sie davon halten sollte, tat aber, wie ihr Mrs. Johns geheißen hatte. Hastig warfen sich die beiden Frauen ihre Jacken über, schnappten die Reisetaschen und verließen das Holzhaus. Kaum waren sie im mehr oder weniger schützenden Wald verschwunden, donnerte auch schon eine mächtige Gerölllawine aus den Bergen hinter ihnen ins Tal hinab. Und dort, wo eben noch das Haus stand, war nichts mehr. Sandra verschlug es vor Schreck die Sprache, doch Mrs. Johns zerrte sie am Ärmel, was wohl bedeuten sollte, dass sie sich sputen müssten. Nach einer gefühlten Ewigkeit erreichten sie schließlich eine tiefer gelegene Stelle und es wurde langsam wieder ruhiger. Der Sturm ließ nach und die beiden Frauen fielen sich erleichtert in die Arme. Als Sandra je-

doch nach dem Haus und nach ihrem Wagen fragte, schaute Mrs. Johns wieder so merkwürdig. Es sah beinahe so aus, als ob sie nie etwas davon gehört habe. Und dann ergriff Mrs. Johns schweigend Sandras Hand, und die beiden Frauen verschwanden zwischen den noch immer umherwirbelnden Flocken des Blizzards der sich eigentlich längst verzogen hatte.

Als Mr. Shepard am darauf folgenden Morgen seine Tochter Sandra anrufen wollte, um sich zu erkundigen, ob sie gut in „Harpers Point" angekommen sei, ging niemand ans Telefon. Mehrmals schaute der betagte Mann, ob er sich auch nicht verwählt hatte, doch die Nummer war richtig. Nur seine Tochter Sandra meldete sich nicht. Auch nach vier geschlagenen Stunden ging niemand ans Telefon. Irgendwann rief der besorgte Vater schließlich die Polizei.

Als die Beamten und der vollkommen aufgelöste Mr. Shepard Stunden später schließlich in den Bergen eintrafen, fanden sie das Ferienhaus bei „Harpers Point" unbeschadet und wie im Tiefschlaf träumend zwischen den Felsen und dem säuselnden Nadelwald vor. Auch Sandras Wagen stand noch dort, wo sie ihn am Vortag abgestellt hatte. Nur von ihr fehlte jede Spur. Plötzlich entdeckte

Mr. Shepard ein merkwürdiges Bild, welches im Inneren des Hauses hing. Es zeigte ein altes Blockhaus, welches gespenstisch und unheimlich zwischen den Felsen ruhte. Als Shepard wissen wollte, ob jemand dieses Haus kennen würde, wurden de Beamten sehr still. Dann meinte einer der Polizisten mit gesenkter Stimme: „Das ist das Haus der alten Mrs. Johns. Die lebte vor über hundert Jahren hier auf „Harpers Point". Eines Tages wurde die windschiefe Blockhütte von einer Gerölllawine mitgerissen und sie und ihre Tochter Silva kamen dabei ums Leben. Seitdem, sagt man, soll ihr Geist hier umherspuken und nach Silva suchen."
Und während der Beamte sprach, bemerkte Mr. Shepard eine alte Frau, die neugierig durchs Fenster schaute und sich plötzlich in Luft auflöste. Der vollkommen aufgelöste Shepard war sich plötzlich sogar sicher, neben der Alten seine geliebte Tochter Sandra gesehen zu haben. Und als man Shepard das Bild von Mrs. Johns Tochter Silva zeigte, traf den alten Mann beinahe der Schlag. Denn die damals tödlich verunglückte Tochter der umherspukenden Mrs. Johns sah seiner Tochter Sandra wie aus dem Gesicht geschnitten ähnlich ...

Ängste des Bernie S.

Die Ängste werden wieder schlimmer! Habe soeben mit einem Arzt aus der Psychiatrie Kontakt aufgenommen, um vielleicht doch wieder in die Tagesklinik zu gehen. Allein schaffe ich es einfach nicht! Ständig diese Schweißausbrüche, dieses Zittern und dieses komische Gefühl im ganzen Körper. Ich habe langsam das Gefühl, dass mich irgendetwas aufzufressen droht. Aber was ist es nur. Was ist so böse, dass es mich mit Haut und Haaren, mit allem, was ich bin, zu vernichten droht? Die Angst allein? Oder ist da doch noch so viel mehr? Irgendwann traue ich mich nicht mehr aus dem Haus, und ich habe Angst! Ja, da ist sie wieder, und sie will nicht weichen! Ja, ich hab echt Angst, irgendwann gar nicht mehr unter die Leute zu gehen. Richtig, ich meide oft die Menschen, weil ich keine guten Erfahrungen mit ihnen gemacht hatte. Aber ist das wirklich richtig? Soll ich mir mein Mineralwasser nun auch noch im Internet bestellen? Können da die Menschen um mich herum dafür? Ganz sicher nicht! Und - wieder eine Panikattacke! Vernichtend stark und einem wuchernden Unkraut gleich! Ich hasse das so sehr! Aber ich komme nicht dagegen an. Sie scheinen stärker zu sein als ich! Viel stärker! Wie geht man nur mit so was um? Damals, als ich noch gut verdient hatte, damals, ja, das ist so viele Jahre her. Und jetzt? Jetzt hängt man an einem kleinen Einkommen und rennt seinem bisschen Geld manchmal sogar noch hinterher, weil andere festgelegt haben, dass es so zu sein hat. Nein, mit richtigem Leben hat das wenig zu tun - manchmal auch gar nichts! Sehr oft schon gar nichts! Alkohol wäre jetzt nicht schlecht! Aber den habe ich schon seit vielen Jahren nicht mehr angerührt. Alkohol und Antidepressiva vertragen sich nicht. Und dieser vermeintliche hochprozentige Muntermacher, dieser Vortäuscher, verträgt sich auch nicht mehr mit meinem Leben! Ob andere auch solche Probleme haben? In der Klinik, damals, habe ich tatsächlich Menschen kennenlernen können, denen es ebenso ging, naja, so ähnlich zumindest. Was die alles so durchgemacht hatten. Arbeitslosigkeit und Existenzangst! Ja! Arbeitslos war ich auch mal. Viele Jahre sogar. Keiner wollte mir helfen und wenn ich daheim nicht so unterstützt worden wäre, dann weiß ich auch nicht. Meine Mutter, ja meine geliebte Mutter, sie hat mir so viel geholfen. Sie hat so viel Kraft in mich gesteckt. Und sie hilft mir immer noch. Sie ist immer da für mich. Der einzige Mensch, der mir noch blieb. Das Alleinsein ist schön und hart. Aber ich wollte es eben so. Wollte ich das wirklich so? Ich liebe meine kleine Familie doch so sehr.

Ich erinnere mich – damals – die vielen schönen Reisen – so unbeschwert und unbekümmert ich da war. Es war alles so schön. Das Meer, die fremden großen Städte, die tollen Länder, wo ich war. Und jetzt? Eine kleine Ecke auf meinem Sofa ist geblieben. Ist DAS das restliche Leben? Ich weiß es nicht und kämpfe wieder mit meinen Ängsten, und mit den Resten meiner verbliebenen Lebensjahre. Sie sind so stark, viel stärker als ich, diese fürchterlichen Ängste! Ein alltägliches Einerlei. Eine Einbahnstraße ins Nichts. Eine Verirrung vielleicht? Die Gedanken schlagen Purzelbäume. Sie glühen und sie verbrennen in unerklärlichen Hitzewellen, die mich zu verglühen drohen. Die Ängste werden immer stärker. Doch wenn ich mich frage, wovor ich Angst habe, dann ist da nichts. Nur die zuverlässigen Kameraden „Atemnot" und „Herzstolpern", die die Antwort jäh vermiesen. Wovor hab ich eigentlich Angst? Vor der Zukunft, der Vergangenheit vielleicht? Oder vor all den unbewältigten Sorgen? Ja, auch! Ob der Arzt

mir schon geantwortet hat? Ich schaue in den Email-Account. Nein, noch immer tiefes Schweigen. Der sitzt sicherlich längst mit seiner Familie glücklich am Tisch ... Ich bin unglücklich. Und ich habe Angst. Angst vor meinem Leben. Vor mir selbst, vielleicht. Vor dem neuen Tag, vielleicht auch. Und vor der wiederkehrenden Angst. Sie ist allgegenwärtig. Und sie nagt an meiner Seele, meinem Selbstbewusstsein, meinem „Ich".
Ich will sie nicht, denn sie ist schwarz und voller Hass auf mich. Doch sie geht nicht und beherrscht mich immerfort, beinahe an jedem Ort.

Schwärze in der kalten Nacht
Dieser Teufel bleibt nicht fort
Unbeirrt und unbewacht
Bleibt mir nur die dunkle Nacht
Und der ängstlich, triste Ort

Aller Weg scheint mir versperrt
Nirgendwo ein Ausweg liegt
Wirklichkeit total verzerrt
Ach, mein Leben scheint versperrt
Weil mich wohl das Böse liebt

Ich fühl mich kraftlos und entnervt. Alles regt mich auf und keiner ist da, der dies ändern kann. Ich steh vorm Spiegel und verspüre plötzlich Panik. Eine Panikattacke vielleicht? Nein, es ist anders. Ganz anders als sonst!

Was ist das nur? Ein Gefühl, dass warm vom Herz ins Hirn und wieder in die Füße sinkt. Was kann das sein? Und schon ist's wieder weg. Das Spiegelbild da vor mir sieht nicht ängstlich aus. Es ist gesund und hat rosige Wangen. Ein Irrbild? Nein, nur ein Spiegelbild, sonst nichts! Die Zunge ist leicht belegt. Bin ich doch Krank? Ruhig scheint das Gesicht dieses Spiegelbildes, doch da! Da ist eine tiefe dumme Falte!

Das gierige Tier der tristen trüben Angst will mich für immer wohl verspeisen und nie wieder gehen lassen? Hyperventilation - plötzlich! Der Magen dreht sich um und der Darm fängt an zu frieren. Ein Gefühl wie Sterben! Ich japs nach Luft, immer wieder und wieder, nach, was eigentlich? Nach Leben vielleicht? Ich taumele!

Der Schwindel ist so stark und auch das Zittern. Es ist so hell, zu hell um mich herum! Ich will es nicht, ich hasse es und bin zu schwach, das zu vertreiben! Ach!

In durch geweinten und verfluchten Nächten, in denen ich tausend Stunden wach gelegen hab, wollt ich schon aufhören und die

Hoffnung für immer da begraben. Alles schien dahin und der angstbewährte Herzschlag, der bis in den Hals vibrierte, drohte mich beinahe schon zu vernichten. Es ging nicht mehr vorbei und als ich dann schweißgebadet zitternd nach oben schaute, suchte ich vergeblich nach dem rettenden Gott und seinen liebevollen Engeln. Jedoch ganz tief im Herzen, da habe ich´s gespürt und stets gewusst in allem, was ich doch jemals gewesen, dass ich es dennoch schaffen würde, irgendwann, vielleicht. Nein, auf jeden Fall! Denn Gott war und ist stets da, und seine Engelchen, die man manchmal sehen kann, sind unter uns. Man muss sie schon suchen und man wird sie dann finden. Es ist doch so viel Liebe und auch so viel des Lebens noch in mir. Ich spüre es. Und ich weiß es ganz genau. Denn meine Mutter sagte immer, dass ich gesund und stark bin. Sie wusste es und ich weiß es jetzt auch! Ja, da ist noch Leben, und kein Weg ist ein Spaziergang und wird auch keiner sein! Es ist halt ein unablässiger Kampf, und es ist halt auch nicht einfach. Manchmal tränengepflastert und trauerbeschwert, und keinesfalls von ewigem Mut und entschlossener Kampfeslust gekürt. Aber wer hat da schon einst gesun-

gen, dass gerade dieses eine Leben besonders leicht sein wird? Niemand!
Und weil ich das jetzt weiß, sprießt neue Kraft und neuer Lebenssaft aus Herz und Hirn und raunt in jeder Lebenslage: „Du hast keine Angst!"

Hoffnung fließt durch meine starken Sinne!
Sag dem tristen grauen Jammertal
für immer nun Ade!
Die Angst, ja, diese schwarze böse alte Krabbel-Spinne
Kriecht manchmal bis hin in jene
aller tiefsten Lebenssinne
Und zerschmilzt behände allen Mut
im lähmend kalten Winterschnee

Ich weiß es längst,
und werd es niemals mehr vergessen
Solange Leben da ist, stirbt eins nie –
die Hoffnung und der beste Lebenstraum!
Geh nur immer weiter in die Zukunft
und harre stets versessen
Auf das Neue, Unbekannte,
das du niemals je vergessen
Weiß darum, du bist es doch, der wird dereinst
die allergrößten Schlösser baun!

Blitzschlag

Arni war Landwirt und musste täglich hinaus, um sich um seine Felder zu kümmern. Es war Erntezeit und das Korn musste eingefahren werden. So war Arni schon sehr früh am Morgen auf den Beinen, um sich um alles zu kümmern. Die Landmaschinen mussten gewartet- und das Vieh gefüttert werden.
Erst kürzlich hatte sich Arni einen neuen Traktor geleistet. Es war eine sehr teure Anschaffung, doch sie musste sein. Denn sein alter Traktor hatte den Geist nach jahrzehntelanger Treue nun endgültig aufgegeben. Das neue Arbeitsgerät musste allerdings erst eingefahren werden. Und so fuhr Arni jeden Morgen früh zeitig los, um sich an die neue Maschine zu gewöhnen. Auch an jenem regnerischen Morgen war das wieder so. Schon gegen Sechs war er auf den Beinen. Er hatte den neuen Traktor bereits aus seinem Unterstand gefahren und wollte sogleich damit lostuckern. Er konnte schon recht gut mit dem Traktor umgehen. Dennoch musste er noch üben. Er schwang sich ins Fahrerhaus und stellte den Motor ein. Doch irgendetwas erschien ihm anders als sonst. Das Geräusch des Motors hörte sich etwas seltsam an. Da Arni jedoch das Motorengeräusch noch nicht

so genau taxieren konnte, nicht wusste, wann es normal war und wann bedenklich, achtete er nicht länger auf diese Geräusche.

Er tuckerte los und befand sich schon bald auf dem ausgefahrenen Feldweg seiner Ländereien. Unterwegs musste er über eine Brücke, die ein kleines Flüsschen überspannte. Während er sich schon überlegte, wie er den Traktor bei seiner Feldarbeit einsetzen könnte, zogen dunkle Wolken auf. Sorgenvoll beobachtete Arni das Geschehen. Denn es würde sicherlich nicht mehr lange dauern, bis ein Unwetter aufzog. Sollte er umkehren? Oder sollte er seine Testfahrt fortführen? Er war sich nicht so recht schlüssig und fuhr einfach weiter. Was sollte ihm schon geschehen, dachte er sich, er saß ja im Trockenen. Doch er konnte nicht ahnen, dass es sich bei diesem Unwetter um ein kräftiges Gewitter handelte. Schnell zog es auf und alsbald fand sich Arni in einem heftigen Hagelschauer wieder. Die Scheiben des Traktors bekamen bedenkliche Sprünge, doch noch immer hielt Arni das Gefährt nicht an. Im Gegenteil, er beschleunigte seine Fahrt auch noch. Er fand es plötzlich aufregend, sich in seinem großen Traktor durch das Unwetter zu bewegen. Er fühlte sich wie ein Fels in der Brandung. Doch war in diesem Falle die Brandung stärker als der Fels? Noch nie hatte er ein Gefährt aufgeben müssen, nur, weil es von einem schweren Unwetter zerstört wurde. Auch diesmal konnte er sich das nicht vorstellen. Er beschleunigte den neuen Traktor bis aufs Äußerste. Der Motor heulte auf und die monströse Landmaschine jagte wie ein Rennpferd zwischen den Feldern hindurch. Die Brücke war nicht mehr sehr weit und Arnis Geschwindigkeitsrausch kannte kein Ende mehr. Da der Motor mittlerweile wunderbar lief und seine Felder in nie gekannter Geschwindigkeit an ihm vorbei flogen, vergaß er, dass er nur langsam über die schmale Brücke fahren durfte. Das Unwetter schien sich zu beruhigen, immerhin hörte der lästige Hagel auf. Nur einige wenige Sprünge klafften an der Frontscheibe des Traktors und Arni empfand seine Schussfahrt als gelungen und erholsam. In Arnis Augen hatte dieser neue Traktor seinen Härtetest schon bestanden. Immer näher kam er an die Brücke und es schien, als ob das Unwetter schon so langsam abzog. Da zuckte plötzlich ein heftiger Blitz vom Himmel, geradewegs auf den Traktor nieder. Mit einem lauten Knall schlug er in den Motorblock ein.

Das Gefährt ruckte und zuckte und blieb kurz vor der Brücke stehen. Arni starrte auf die Straße vor ihm und konnte es nicht glauben. Was war da eben geschehen? Sein teurer neuer Traktor: zerstört!

Nein, so etwas war ihm bisher noch niemals widerfahren. Er dachte an die Kosten, die ihm entstehen würden, wenn er den Traktor reparieren ließ. Doch es nutzte nichts, er musste aussteigen, um nachzuschauen, wo der Schaden lag. Plötzlich knirschte es auf dem Weg vor ihm. Es krachte und laut polternd stürzte die Brücke in sich zusammen. Platschend fielen die Trümmer ins Wasser des kleinen Flüsschens. Arni, der nicht glauben konnte, was da geschah, traute seinen Augen nicht mehr. Wie konnte das nur sein? Erst der Traktor, dann diese Brücke! Was ging hier vor? Wäre er weiter gefahren, so wäre er mitsamt der Brücke in den Fluss gestürzt. Und obwohl die Brücke nicht sehr hoch war, reichte es doch, dass er diesen Unfall möglicherweise nicht überlebt hätte. Auch sein Traktor wäre dann verloren gewesen. Irgendwie schien es ihm, dass dieser Blitzschlag in den Motor seines Traktors wohl doch noch das sprichwörtliche Glück im Unglück gewesen war. Er zog sein Handy aus der Hosentasche und rief Hilfe. Später stellte sich heraus, dass die Brücke durch einen früheren Erdrutsch bereits schwer beschädigt worden war. Das nächstbeste Fahrzeug, welches sie überquert hätte, wäre mitsamt der Brücke in den Fluss gestürzt. Und der nächste war in diesem Falle Arni selbst. Er hatte großes Glück, und als man den Traktor in einer Werkstatt untersuchte, um ihn wieder zu reparieren, brauchte man das nicht mehr zu tun. Denn er funktionierte einwandfrei ...

Friedhof

Stacey und Jody waren eng befreundet. Sie waren noch sehr jung und unternahmen sehr viel miteinander. Doch am tollsten fanden sie es, abends über den Friedhof spazieren zu gehen. Es war zugegebenermaßen ein recht ungewöhnliches Hobby, welchem sie sich verschrieben hatten. Doch sie hatten mit dem alten Friedhofsverwalter abgesprochen, wenn auf einem Grab die Blumen oder Einpflanzungen nicht ganz in Ordnung waren, diese wieder anständig auf die Gräber zu stellen. Auch an jenem düsteren Novemberabend des Jahres 1995 trieben sich die beiden Mädchen mal wieder stundenlang auf dem Friedhof herum. Eigentlich war ihnen nicht sehr wohl zumute, doch sie hatten eine Menge Spaß, als sie sich über die neuesten Erlebnisse mit den Jungs aus ihrer Clique unterhielten. Es wurde immer dunkler und die beiden hatten sich so richtig verquatscht. Erst als die Uhr auf dem Gebäude der Friedhofsverwaltung schlug, schauten sie erschrocken auf ihre Armbanduhren. Es war bereits Zwanzig Uhr und sie mussten dringend ins Wohnheim ihrer Universität. Gespenstisch pfiff der Wind um die alten Grabsteine und verfing sich im morschen Geäst der umstehenden Eichen. Die Geräusche, die sie plötzlich hörten, versetzten sie in Angst und Schrecken. Es knisterte und knackte ganz in ihrer Nähe. Noch nie waren sie so lange auf dem Friedhof unterwegs. Sie liefen los und durchquerten das Gelände. Allerdings mussten sie durch ein Areal des Friedhofs, welches etwas abseits lag und schlecht einsehbar war. Dort standen die ältesten Grabsteine und manches Grab wurde seit Jahren nicht mehr gepflegt. Die beiden Mädchen wussten genau, was ihnen bevorstand, denn nur ungern gingen sie an diesen alten Grabstellen vorüber. Sie hielten sich an den Händen fest, und als es schließlich auch noch zu regnen begann, hielten sie es vor Kälte und Gruseln einfach nicht mehr aus. Sie husteten schon und hatten noch immer ein gehöriges Stück Weg vor sich. Plötzlich endete der Weg. Und obwohl sie wussten, wo sie hinwollten, schien es doch nun, als ob sie sich verirrt hätten. Sie standen zwischen den alten Grabsteinen und schauten sich ängstlich um. Überall starrten sie die kalten steinernen Gesichter der Figuren an, die einst auf den Grabstellen befestigt wurden. Und im düsteren Licht einer einsamen hin- und herpendelnden Laterne verschwammen die Schatten dieser Figuren ganz merkwürdig und bildeten furchtbare und verzerrte monsterähnliche Silhouetten. Die Mädchen standen unschlüssig und zitternd vor der Wiese und wollten gerade wieder umkehren, um den rechten Weg zu suchen. Da bemerkten sie zwischen den alten Grabsteinen zwei rote Lichter hindurchblinken. Sie ahnten bereits, was das zu bedeuten hatte. Doch sie wollten es nicht glauben. Denn den Teufel hatten sie noch nie gesehen. Und auf einem Friedhof schon gar nicht. Trotzdem war ihnen die Sache nicht geheuer. Nur, wohin sollten sie fliehen? Sie wussten ja den Rückweg nicht mehr. Stacey zog ihr Handy aus der Jackentasche. Doch es war wie verhext, denn das Handy hatte keinen Empfang. Und egal wo sie sich auch postierte, nirgends bekam ihr Handy das erforderliche Netz. Und Jody trug überhaupt kein Handy bei sich. Den beiden wurde eiskalt und ihnen lief ein fürchterlicher Schauer über den Rücken. Denn immer wieder tauchten die beiden roten Lichter vor ihnen auf. Vollkommen verängstigt versteckten sie sich hinter einer hohen Stele. Stacey schaute nach oben und entdeckte einen entsetzlichen Vogel, der in Stein gehauen auf der Stele thronte. Er hatte ein böses Gesicht, doch Genaueres konnten die beiden nicht erkennen, denn es war einfach zu dunkel. Das düstere Licht der Laterne begann zu flackern. Die Mädchen hatten Angst, dass es verlöschen könnte. Doch sie wollten ihr Versteck nicht aufgeben. Zu groß war die Angst, dem Teufel zu begegnen. Aber so oft sie auch hinter der Stele hervorschauten, immer sahen sie die beiden roten Lichtpunkte vor sich. Sie schwebten über der Wiese, nicht weit von ihnen entfernt. Plötzlich verschwanden sie und an deren statt ertönte ein merkwürdiges Zischen. Die Mädchen zitterten vor Angst und hielten sich aneinander fest. Vermutlich war ihnen der Teufel schon dicht auf den Fersen und würde sich in Kürze brüllend auf sie stürzen. Die Laterne flackerte immer stärker und spendete kaum noch Licht. Es reichte einfach nicht aus, um zu erkennen, worum es sich bei den roten Lichtern handelte. Plötzlich vernahmen sie Stimmen und erschraken fürchterlich. Sie versteckten sich hinter einem dichten Gebüsch und hielten sich aneinander fest. Und plötzlich hörten sie jemand sprechen: „Hallo, sind Sie da? Ich weiß, dass Sie hier sind. Hallo!" Die Mädchen glaubten schon, ihr Ende sei in greifbarer Nähe, da erkannten sie die Stimme: es war die des Friedhofsverwalters. Er suchte wohl schon nach ihnen. Denn sie hatten ihre Fahrräder am Friedhofsgebäude

abgestellt, und der Verwalter, der noch einmal ins Büro wollte, um etwas zu holen, hatte sie bemerkt. Vermutlich machte er sich Sorgen, weil er die beiden Mädchen kannte und genau wusste, dass sie noch nie so viel Zeit auf dem Friedhof verbrachten. Er kam ihnen schon entgegen, und es war seine Taschenlampe, welche dieses seltsame Licht verbreitete. Der Verwalter meinte, dass er wegen eines Augenfehlers nur mit diesem rötlichen Licht etwas in der Dunkelheit erkennen konnte. Die beiden Mädchen allerdings fanden das schon sehr sonderbar. Der Verwalter begleitete sie noch bis zum Friedhofsgebäude. Dort dankten ihm die Mädchen noch einmal für die Hilfe. Ohne ihn hätten sie den Weg ganz sicher nie gefunden. Und Stacey bemerkte noch lakonisch: „Nur gut, dass wir ein Kreuz umhängen haben. Da konnte uns wenigstens der Teufel nichts anhaben."
Der Friedhofsverwalter lächelte ganz merkwürdig und schaute den beiden misstrauisch nach, als die schließlich mit ihren Fahrrädern den Friedhof verließen. Als sie fort waren, verschlechterte sich das Wetter mehr und mehr. Der Friedhofsverwalter aber zog sich seine schwarze Kapuze über den Kopf und lief langsamen Schrittes zwischen den Grä-

bern entlang. Dabei leuchteten seine Augen plötzlich feuerrot auf und aus seinem Mund zischte eine grelle Flamme. Schließlich verschwand er in der großen alten Stein-Stele mit dem furchterregenden Vogel obendrauf. Man hatte ihn nie wieder gesehen …

Teuflische Nachbarn

Ich erinnere mich noch genau an diese furchtbar dicke Frau mit dem bösen Blick. Eigentlich war sie die Nachbarin meiner Eltern, doch ich wusste, dass sie nicht nur das war. Denn immer, wenn sie allein vorm Hause stand und zu unseren Fenstern hinauf schaute, verwandelte sich ihr trüber Blick in zwei tiefe schwarze Höhlen, die alles, was hell und aus Licht bestand, in sich zu verschlingen drohten. Selbst ihr hagerer Ehemann, der dem Alkohol näher stand als sich selbst, schien mit dem Teufel im Bunde. Sein weißliches Gesicht und sein bitterböser Blick drohten alles um sich herum zu vernichten! Überhaupt ergänzten sich die beiden unheilvollen Wesen wie Pech und Schwefel bei ihren hasserfüllten Attacken gegen die übrige Nachbarschaft!
Eines Tages, die dicke Frau stand mal wieder allein auf dem Bürgersteig vor dem großen Haus, wartete wohl auf ihren Ehemann, der das Auto aufschließen sollte, drehte sie sich ganz langsam nach unseren Fenstern um. Meine Mutter und ich beobachteten all das hinter der sicheren Gardine, und wir waren froh, dass die Dicke und ihr Mann wohl end-

lich für ein paar Stunden verschwinden würden.
Wieder bemerkten wir diese dunklen stechenden Blicke, die sich gierig in die Scheiben unserer Fenster bohrten und vermutlich schon vom nächsten nahenden Unheil kündeten. Ich schaute meine Mutter wortlos an und wir beide spürten genau, dass die Blicke der Dicken diesmal böser waren als alles, was sie bisher ausgestrahlt hatten. Als ihr Ehemann das Auto aufgeschlossen hatte, ließen sich die beiden schweigend und furchtbar schlecht gelaunt in die Autositze plumpsen. Noch einmal starrten sie wie ein böses Omen zu unseren Fenstern, und ich hatte den Eindruck, dass an diesem Tage noch etwas Entsetzliches geschehen würde.
Das dunkle Auto der beiden Teufelsanbeter verschwand leise im Nebel und ich hatte gar kein gutes Gefühl. Meine Mutter aber beschwichtigte mich und zerschlug all meine Bedenken. Als aber lautstark ein schweres Gewitter aufzog, schwiegen wir uns vielsagend an. Wir hatten den Eindruck, dass dieses Gewitter heftiger war als alle vorangegangenen. Grellrote Blitze durchschnitten wie Dolche die Düsternis und die Donnerschläge glichen verblüffend dem Gezeter und den hasserfüllten Flüchen der dicken

Frau und ihrem bösen Ehemann. Als ein heftiger Donnerschlag auf einen noch viel heftigeren feuerroten Blitz folgte, fielen bei uns die Lampen und die Telefone aus. Sofort schob ich alles auf die bösen Blicke und die Flüche der Dicken. Doch meine Mutter hatte seltsamerweise ein vollkommen anderes Gefühl!

Ich konnte es mir einfach nicht erklären, doch die charismatische Sicherheit meiner Mutter erschien mir wie ein starkes Gebet vor dem Herrn.

Stunden später, längst war der Strom wieder da, wurde eine recht sonderbare Meldung im Radio bekannt gegeben: „Bei einem schweren Gewitter verunglückte ein Ehepaar mit seinem nagelneuen Wagen. Ein Blitz schlug wohl in die Elektronik des Autos ein und legte die Steuerung lahm. Weil der Wagen nicht mehr reagierte, blieb er mitten auf der Straße liegen. Ein riesiger Track, der nicht mehr bremsen konnte, fuhr mitten in den PKW hinein. Das Ehepaar hatte keine Chance!"

Als der zerstörte Wagen gezeigt wurde, fuhr mir eine Gänsehaut über den Rücken. Denn bei dem Wrack handelte es sich um den Wagen des bösen Nachbar-Ehepaares. Und es war wirklich wie verhext, aber kurz nach der

Bestattung der beiden, glaubte ich eines Nachts eine schwarz gekleidete Gestalt in der Wohnungstür der Verunglückten gesehen zu haben. Sie hatte rote Augen und flüsterte immerfort die unheilvollen Worte, die ich wirklich gut verstand:

„Jetzt gehören die beiden toten Seelen für immer mir!"

Hotel des Grauens

An irgendetwas Schlimmes oder auch Böses erinnerte mich jenes sonderbare Hotel. Ich war in die Wälder Alabamas gefahren und wollte eigentlich Wandern. Allerdings sollte auch noch ein wenig Erholung dabei sein. Das Hotel hatte ich mir auch gar nicht herausgesucht, ich hatte es zufällig beim Herumfahren in dieser Gegend entdeckt. Doch das es derart einsam lag und so merkwürdig aussah, behagte mir irgendwie gar nicht. Bedrohlich erhob es sich zwischen den hohen Kiefern und sah aus wie ein graues Totenmonument. Dennoch wollte ich nicht weiter fahren; ich war hundemüde und wollte einfach nur ins Bett.
Schon im Foyer des nüchternen Gebäudes liefen bleiche Gestalten herum. Es waren Leute, die mich allesamt so merkwürdig anschauten. Ich konnte mir das Ganze nicht erklären, sie kannten mich doch gar nicht. Mir war einfach unheimlich zumute und ich hatte nur noch einen Wunsch: auf schnellstem Wege in mein Zimmer zu kommen!
Der Concierge, ein junger hohlwangiger, aber überfreundlicher Mann schob mir mit großen Augen den Zimmerschlüssel über den Tresen. Ich unterschrieb auf dem Ein-

checkformular, welches vor mir lag und begab mich zum Fahrstuhl. Die alte reich verzierte Tür sah gespenstisch aus. Es waren Totenköpfe, die reliefartig die Tür übersäten. Wie konnte man nur so etwas als Zierde anbringen? Ich konnte das nicht verstehen, doch es wurde noch verrückter. Im Fahrstuhl ruckelte es, als sei ich auf einer Straße mit Millionen Schlaglöchern unterwegs. Und als ich schließlich im obersten Stockwerk anlangte, wo sich mein Zimmer befand, stand schon ein älterer Herr in schwarzer Livree an der Tür. Mit kühler monotoner Stimme fragte er mich, wie es mir ginge. Ich wusste nicht so recht, ob es mir angenehm oder irgendwie komisch zumute war. In jedem Fall aber war ich hundemüde. Ich erkundigte mich bei dem sonderbaren Herrn, ob ich immer alle Fahrstühle nutzen könnte, wenn ich ins Foyer wollte. Der überfreundliche Mann verzog keine Miene und sprach mit eisiger sonorer Stimme: „Natürlich mein Herr. Alle Fahrstühle fahren nach unten. Wollen Sie sich überzeugen? Es geht in jedem Falle abwärts!" Ich lehnte ab und er grinste ganz merkwürdig und verschwand. Ich war heilfroh, doch noch mein Zimmer erreicht zu haben und stellte meine Reisetasche neben den hölzernen Einbauschrank. Erleichtert atmete ich tief ein und fand, dass die hier mal wieder gelüftet werden sollte. Es roch muffig alt. Ich lief zum Fenster, um es zu öffnen, schaute dabei zum Wald, der das Hotel umgab, und durch welchen ich auch gekommen war. Als ich hinunterschaute, erschrak ich fürchterlich. Vor dem Hotelportal standen drei schwarze Leichenwagen, und mehrere Männer in schwarzen Uniformen trugen weiße Särge aus dem Hotel. Als sie die Särge in den Bestattungsfahrzeugen verstaut hatten, schienen sie mich zu bemerken und starrten regungslos nach oben. Ihre Blicke waren derart durchdringend, dass mir nicht nur ein Kälteschauer über den Rücken lief. Und eine bange Frage nistete sich in meinem Kopfe ein: Wo war ich hier nur hingeraten? Vielleicht hätte ich doch besser wieder auschecken sollten, denn die Nacht, die mir bevorstand, war noch übler als ich es in irgendeinem Horrorfilm je gesehen hatte. Nachdem ich meine Tasche ausgepackt hatte und mir einen kleinen Imbiss aufs Zimmer bringen ließ, wollte ich mich hinlegen. Draußen war pechschwarze Nacht und seltsamerweise schien das gesamte Hotel im Dunkeln zu liegen. Keine blinkenden Werbetafeln, keine Laternen, nichts, das leuchtete umgab das sonderbare Hotel. Vermutlich war ich dann doch eingeschlafen, denn als ich wach wurde, war schon Mitternacht. Seltsame Geräusche krochen durch die Flure des altehrwürdigen Gemäuers. Es glich einem Röcheln, und schließlich waren da diese Schreie. Sie kamen von den Fahrstuhlschächten. Ich wusste nicht genau, ob ich nachschauen sollte oder nicht. Vielleich hätte ich es besser sein lassen sollen, denn kaum hatte ich mein Zimmer verlassen, um mich zu überzeugen, woher die Geräusche kommen mochten, flackerte das Licht auf der Etage und rote Lichter huschten wie Glühkäfer durch die Luft. Zusammen mit dem Röcheln bildeten sie eine unheilvolle Kulisse. An einer der Fahrstuhltüren stand wieder dieser ältere Herr in der schwarzen Livree. Er verbeugte sich ein wenig und sagte dann: „Wollen Sie nicht mit mir nach unten fahren? Es gibt frisch Geschlachtetes."

Ich spürte, wie mir mein Herz bis zum Halse schlug, und in diesem Augenblick bemerkte ich, dass sein weißes Hemd, welches unter der tiefschwarzen Livree hervorschaute, blutrote Flecken hatte. Panisch rannte ich in mein Zimmer zurück, und in diesem Moment hatte ich nur noch einen Gedanken: raus hier! Nur wie sollte ich an dem merkwürdigen Herrn, der sich an den Fahrstuhltüren herumtrieb, unbemerkt vorbeikommen? Ich beschloss abzuwarten, bis das Licht nicht mehr flackerte und ich selbst ein wenig zur Ruhe gekommen war. Nach zwei geschlagenen, endlos lang erscheinenden Stunden war es schließlich soweit. Längst hatte ich meine Reisetasche wieder gepackt und stand fertig angezogen hinter der Zimmertür. Angestrengt lauschte ich, ob ich nicht doch noch irgendjemanden hörte. Doch es blieb ruhig, totenruhig sozusagen. Vorsichtig öffnete sich die Tür, doch der Flur war leer. Der Alte schien nicht da zu sein. So schlich ich mich aus dem Zimmer und suchte nach dem Treppenhaus. Den Lift wollte ich nicht nehmen-wer wusste schon, ob er mich sicher nach unten gebracht hätte. Am Ende des Flures entdeckte ich eine Tür. Sie führte tatsächlich zum Treppenhaus und ich rannte, immer besonnen, dass ich nur ja keine Geräusche verursachte, die unzählig vielen Stufen nach unten. Ich vermied, mich im Foyer zu zeigen, lief stattdessen immer weiter bis zum Keller und fand sogar meinen Wagen, der dort unten in der angrenzenden Tiefgarage stand. Zu meinem großen Erstaunen war es das einzige Fahrzeug, das sich dort befand. Aber - hatte ich nicht am Abend noch viele Leute im Foyer umherlaufen sehen? Ich verstand das alles nicht, doch da wurde ich auch schon entdeckt! Besser gesagt, ich wurde erschreckt, denn die roten Lichter, die den Augen des Teufels glichen, flogen wie Fledermäuse durch die Gewölbe der Garage. Hastig sprang ich in meinen Wagen und drückte aufs Gaspedal. Seltsamerweise funktionierte das Rolltor nicht. Da es nicht sehr stabil war, durchbrach mein Wagen mühelos diese Absperrung. Draußen wurde es noch verrückter! Der alte Mann in der schwarzen Livree stand an einem Leichenwagen und hob zusammen mit zwei anderen Männern einen schwarzen Sarg in das Auto. Als sie mich sahen, grinsten sie und nickten mir zu. Ich raste an ihnen vorüber und im Rückspiegel sah ich nur noch, dass die Fenster des Hotels allesamt grellrot erleuchtet waren! Plötzlich und wie aus dem Nichts tauchte eine blutverschmierte Gestalt vor meinem Wagen auf! Ihr grausam entstelltes Gesicht stierte Furcht erregend durch die Windschutzscheibe meines Wagens, und Sie wankte dabei, als sei sie längst nicht mehr unter den Lebenden. Ich schaffte es gerade noch rechtzeitig, einen weiten Bogen um die Gestalt zu fahren und raste schließlich durch den angrenzenden dichten Wald, bis ich nach zwei weiteren Stunden endlich

eine etwas breitere Straße erreichte. Noch einmal fuhr ich eine knappe Stunde, und endlich, endlich sah ich ein beleuchtetes Schild, welches auf ein Motel hinwies.
Ich fuhr dorthin und parkte mein Fahrzeug neben dem Gebäude. Die nette Dame an der recht gemütlich erscheinenden Rezeption erkundigte sich fürsorglich, ob ich eine gute Fahrt hatte und meinte, dass sie noch ein Zimmer für mich habe. Ich war erleichtert, nach all diesen Strapazen wieder unter normalen Menschen sein zu können. Im angrenzenden Gastraum wollte ich meine Gedanken ordnen und einen Kaffee trinken. Die freundliche Dame von der Rezeption jedoch setzte sich zu mir. Sie schien ziemlich neugierig zu sein, denn sie schaffte es tatsächlich, mich beinahe unmerklich auszufragen. Vermutlich kamen nicht viele Leute hierher, sodass sie stets hinter den neuesten Nachrichten aus der Gegend her war.
Als ich ihr von dem grausigen Hotel im Wald berichtete, wurde sie jedoch ganz plötzlich ziemlich schweigsam. Mit ernster Mine sah sie mich an und schien mir wohl nicht recht glauben zu wollen. Ich konnte mir das zunächst nicht erklären, erfuhr aber wenig später den schier unfassbaren Grund. Vielleicht, weil ich ziemlich plastisch von

meinem soeben Erlebten erzählte, meinte sie dann, dass sie schon einmal einen Gast hatte, der solch ein Erlebnis hatte. Nun war ich neugierig geworden und wollte mehr darüber erfahren. Doch die Dame zuckte nur mit den Schulten und starrte mir ungläubig ins Gesicht. Dann sprach sie mit düsterer Stimme die Worte, die ich niemals mehr vergessen werde: „Wissen Sie, dieses Hotel, in welchem Sie waren, gibt es schon lange nicht mehr. Es ist sozusagen ein Geisterhotel und man sagt, dass sich fürchterliche Dinge dort abspielen sollen. Denn immer, wenn es sich im Wald zeigt, geschieht irgendwo in der Gegend ein schreckliches Verbrechen. Das Hotel selbst steht schon sein hundert Jahren nicht mehr. Es brannte ab, weil ein gestresster Hoteldiener vergaß, eine Kerze, die in einem gerade verlassenen Zimmer weiterbrannte, zu löschen. Sie war wohl umgekippt und entzündete beim Herunterfallen die Tischdeckchen, den Teppich und das gesamte Mobiliar. Bei dem fürchterlichen Feuer kamen alle zehn Hotelgäste und das gesamte Personal ums Leben. Man sagt, dass noch heute der alte Besitzer erscheint, um sich einen Menschen zu holen, als Tribut für die Toten in jener Nacht …"

Sieh, nun hat er dich geholt
Der Allmächtige ist hier
Doch du bleibst nicht lange dort
Kommst zurück zu diesem Ort
Weil es Gott für dich gewollt

Der schwarze Tod

Es war um 1356 in der Nähe von Frankfurt am Main. Die Pest wütete fürchterlich und eine schreckliche Rattenplage hatte das kleine Dorf, welches mitten im Wald lag und welches eigentlich gar keiner kannte, gerade erst heimgesucht. Claudius lebte mit seiner kleinen Familie, seiner Frau Mathilda und seinem Sohn Karl in einer kleinen windschiefen Hütte zwischen den Bäumen. Es war ein wirklich hartes Leben und die Angst, der Schwarze Tod könnte sich nach der Rattenplage auch hier breitmachen, schwebte wie ein unheilvolles Omen über der Siedlung. Als dann auch noch die Kunde von unzähligen Toten in den umliegenden Siedlungen durch das Dorf waberte, schien die Angst komplett. Es war die alte Agatha, die seit Jahren als Kräuterfrau am Rand des Dorfes lebte, die unkte, dass schon bald etwas Schreckliches geschehen würde. Es war verständlich, dass auch Claudius große Angst um seine Familie hatte. So ging er eines Abends heimlich zu Agathe, die eigentlich gar nicht so beliebt unter den Leuten war, weil man von ihr sagte, das sie eine böse Hexe sei, um Kräuter von ihr zu holen. Er glaubte, dass vielleicht diese Kräuter etwas gegen die wütende Pest ausrichten konnte. Doch als Tage später eben diese Agathe von der Pest getötet wurde, ließ er seine Frau uns seinen Sohn nicht mehr aus dem Haus. Nur er ging mutterseelenallein in den Wald, um Holz für den Ofen zu besorgen.

Auch an jenem regnerischen Sonntag lief er schon früh zeitig los, um beizeiten wieder zurück zu sein. Der Regen peitschte ihm ins Gesicht und er war sich auf einmal gar nicht mehr so sicher, ob er an diesem Tag die schwere Arbeit bewältigen könnte. Auch fühlte er sich schwach und so kam es, wie es kommen musste: Kraftlos und außer Atem fiel er auf das feuchte Moos zwischen den Bäumen. Auf seiner Haut zeichneten sich die verhängnisvollen Umrisse schwarzer Pestbeulen ab und es schien, als wenn auch er vom Schwarzen Tod ins Jenseits befördert worden sei.

Plötzlich erschien ein alter Mann, den bisher noch niemand je zu Gesicht bekommen hatte. Es musste wohl ein Fremder aus der Stadt sein, der sich in diesen Wäldern verirrt zu haben schien. Als er Claudius am Boden liegend erblickte, beugte er sich zu ihm herab und sprach ganz leise zu ihm:

Sieh, nun hat er dich geholt
Der Allmächtige ist hier
Doch du bleibst nicht lange dort
Kommst zurück zu diesem Ort
So, wies Gott für dich gewollt

Kaum hatte er das gesprochen, holte er aus seinem grauen Jutesack einen Leib Brot hervor und brach ein Stückchen davon ab. Das kleine Stück Brot gab er Claudius, der es nahm und aß. Es dauerte gar nicht lange, da spürte Claudius, wie die Kraft in ihn zurückkehrte. Eine ganz neue, überwältigende Stärke begann in seinem Leib zu pulsieren und das Leben kehrte in ihn zurück. Als er endlich aus eigener Kraft aufstehen konnte, war der Fremde verschwunden. Claudius suchte ihn im Wald, doch die Bäume standen so dicht, dass er ihn nirgends entdecken konnte. Dafür fand er das Brot, von welchem er ein Stückchen gegessen hatte und er nahm es an sich. Noch einmal schaute er sich um, sah zum Himmel hinauf und flüsterte ein: Dankeschön. Mit Tränen in den Augen lief er nach Hause, denn er wollte an diesem Tag kein Holz mehr schlagen, wollte nach seinen Lieben schauen, weil er sich sehr um sie sorgte. Auch wollte er seine Geschichte den anderen erzählen, doch als er Zuhause eintraf, musste er mit Schrecken feststellen, dass auch seine Familie vom Schwarzen Tod befallen war. Wie tot lagen sie in ihren Betten und röchelten nur noch. In ihren Gesichtern hatten sich schwarze Pestbeulen ausgebreitet und Claudius wusste im ersten Moment nicht, was er tun sollte. Aber dann holte er den Leib Brot hervor und brach für jeden ein kleines Stückchen davon ab. Und kaum hatten seine Frau und sein Sohn das Brot gegessen, wurden sie wieder gesund. Schon bald war alles wie vorher und alle fühlten sich gut. Es war auch noch genug Brot für die Bewohner des Dorfes da, die allesamt von der Pest bedroht wurden. Und es war einfach unfassbar, aber das kleine Dorf war das Einzige, in welchem sich die Pest nicht weiter auszubreiten vermochte.

Niemals wurde das je erwähnt, denn als die Bewohner Jahre später fortzogen, gab es das Dorf nicht mehr. Doch in den alten Sagen, die man sich in Frankfurt und der Umgebung manchmal erzählt, spricht man noch heute von dem sagenhaften Fremden, der ein

Brot hatte, welches die Bürger vor der Pest rettete.

Ja, und manchmal glaubt man, aus der Ferne sogar eine seltsame Stimme zu hören, die ein leises Liedchen singt:

Sieh, er hat euch nicht geholt
Der Allmächtige ist fort
Alles ist, wies immer war
Sonne scheint so hell und klar
So, wies Gott für euch gewollt

INHALT

5	Alte Hexe
18	Rache der Vergangenheit
27	Maisfeld
33	Schwarzer Mann
40	Blutige Oblaten
57	Die H-Bombe
66	Gespenstischer See
74	Pestbeulen
87	Ende der Welt
94	Tödliche Auszeichnung
99	Poltergeist
104	Schwarze Lady
109	Teufelsasche
121	Hand des Bösen
127	Rache
136	Das Haus zwischen den Felsen
144	Ängste des Bernie S.
151	Blitzschlag
156	Friedhof
162	Teuflische Nachbarn
166	Hotel des Grauens
174	Der schwarze Tod